Édition bilingue
RUSSE-FRANÇAIS
avec lecture audio intégrée

Pour écouter la lecture de ce livre
dans sa version russe ou dans sa traduction française
scannez le code en début de chapitre
avec votre téléphone portable, tablette
ou encore votre webcam depuis le site HTTPS://WEBQR.COM

Nouvelles
Littérature russe

Titre original :
Для детей

Traduction française :
Alfred Léo «(Ed. O'Farell»)

Lecture en russe :
Konstantin Martens

Lecture en français :
Charlotte

ISBN : 978-2-37808-053-2

MIKHAÏL SALTYKOV-CHTCHEDRINE

CONTES
RUSSES

L'ACCOLADE
Éditions

Повесть о том,
как один мужик двух генералов прокормил[1]

Жили да были два генерала, и так как оба были легкомысленны, то в скором времени, по щучьему велению, по моему хотению, очутились на необитаемом острове.

Служили генералы всю жизнь в какой-то регистратуре; там родились, воспитались и состарились, следовательно, ничего не понимали. Даже слов никаких не знали, кроме: «Примите уверение в совершенном моем почтении и преданности».

Упразднили регистратуру за ненадобностью и выпустили генералов на волю. Оставшись за штатом, поселились они в Петербурге, в Подьяческой улице, на разных квартирах; имели каждый свою кухарку и получали пенсию.

Только вдруг очутились на необитаемом острове, проснулись и видят: оба под одним одеялом лежат.

---

1. Повесть о том, как один мужик двух генералов прокормил. / *Le conte du moujik qui a nourri deux généraux.*

Les Généraux et le Moujik

Il y avait une fois deux généraux, gens de peu de cervelle. Tout à coup, par sortilège, ils se trouvèrent transportés dans une île déserte.

Ces deux généraux avaient servi, toute leur vie durant, je ne sais dans quels bureaux. Ils y étaient nés, ils y avaient grandi, ils y étaient devenus vieux. Aussi n'entendaient-ils rien à rien. Ils ne connaissaient pas d'autres mots de la langue que : « Veuillez agréer l'assurance de mon profond respect et de ma haute considération. »

Or il advint qu'on supprima leur emploi comme n'étant d'aucune utilité. Rendus à la liberté et mis en disponibilité, nos deux généraux se fixèrent à Saint-Pétersbourg, dans la rue Podiatcheskaïa. Chacun avait son appartement et sa cuisinière, et ils recevaient chacun une pension du gouvernement.

Mais voilà qu'un beau jour, comme on l'a déjà dit ci-dessus, ils se trouvèrent tout à coup dans une île déserte et s'y réveillèrent couchés tous deux sous une seule et même couverture.

Разумеется, сначала ничего не поняли и стали разговаривать, как будто ничего с ними и не случилось.

— Странный, ваше превосходительство, мне нынче сон снился, — сказал один генерал, — вижу, будто живу я на необитаемом острове…

Сказал это, да вдруг как вскочит! Вскочил и другой генерал.

— Господи! да что ж это такое! где мы! — вскрикнули оба не своим голосом.

И стали друг друга ощупывать, точно ли не во сне, а наяву с ними случилась такая оказия. Однако, как ни старались уверить себя, что все это не больше как сновидение, пришлось убедиться в печальной действительности.

Перед ними с одной стороны расстилалось море, с другой стороны лежал небольшой клочок земли, за которым стлалось все то же безграничное море.

Заплакали генералы в первый раз после того, как закрыли регистратуру.

Стали они друг друга рассматривать и увидели, что они в ночных рубашках, а на шеях у них висит по ордену.

— Теперь бы кофейку испить хорошо! — молвил один генерал, но вспомнил, какая с ним неслыханная штука случилась, и во второй раз заплакал.

Naturellement, ils ne comprirent tout d'abord rien à ce qui leur arrivait, et ils commencèrent à causer comme si rien d'extraordinaire ne s'était passé.

« Je viens de faire un rêve étrange, Excellence, dit l'un d'eux. Il me semblait que j'étais dans une île déserte… »

Mais il s'interrompit brusquement et se leva. Son compagnon en fit autant.

« Seigneur ! Qu'est-ce que cela signifie ? Où sommes-nous ? » s'écrièrent-ils d'une voix troublée par l'émotion.

Et ils se mirent à se tâter l'un l'autre pour voir si cette aventure était un rêve ou une réalité ; mais, malgré tous leurs efforts pour se persuader que tout cela n'était qu'une vision, ils furent obligés de se rendre à la triste évidence.

D'un côté, c'était la mer ; de l'autre, un coin de terre au delà duquel on voyait encore la mer, rien que la mer, à perte de vue.

Nos généraux versèrent alors des larmes, les premières depuis la suppression de leurs emplois.

Ils se considérèrent l'un l'autre, et ils s'aperçurent qu'ils étaient en chemise de nuit avec leurs décorations au cou.

« Comme ce serait bon de prendre son café ! » dit l'un. Mais, se rappelant aussitôt l'aventure inouïe qui venait de leur arriver, ils se mirent à pleurer.

— Что же мы будем, однако, делать? — продолжал он сквозь слезы, — ежели теперича доклад написать — какая польза из этого выйдет?

— Вот что, — отвечал другой генерал, — подите вы, ваше превосходительство, на восток, а я пойду на запад, а к вечеру опять на этом месте сойдемся; может быть, что-нибудь и найдем.

Стали искать, где восток и где запад. Вспомнили, как начальник однажды говорил: «Если хочешь сыскать восток, то встань глазами на север, и в правой руке получишь искомое».

Начали искать севера, становились так и сяк, перепробовали все страны света, но так как всю жизнь служили в регистратуре, то ничего не нашли.

— Вот что, ваше превосходительстве, вы пойдите направо, а я налево; этак-то лучше будет! — сказал один генерал, который, кроме регистратуры, служил еще в школе военных кантонистов учителем каллиграфии и, следовательно, был поумнее.

Сказано — сделано. Пошел один генерал направо и видит — растут деревья, а на деревьях всякие плоды.

« Que faire ? ajouta-t-il au milieu des sanglots. Faire un rapport sur notre aventure ? À quoi cela servirait-il ?

— Voici ce qu'il faut faire, répliqua l'autre. Que Votre Excellence daigne marcher vers le levant, tandis que je me dirigerai vers le couchant ; puis nous nous réunirons de nouveau ce soir en cet endroit-ci, et peut-être aurons-nous trouvé quelque solution. »

Ils se mirent donc à chercher l'est et l'ouest. Ils se rappelèrent, à ce propos, que leur chef supérieur avait dit un jour : « Quand vous voudrez trouver l'est, regardez le nord, et l'est sera à votre droite. »

Ils commencèrent donc par chercher le nord, ils s'y prirent de toutes les façons ; mais, comme ils avaient passé toute leur vie à servir dans les bureaux, ils ne trouvèrent rien.

« Voici ce qu'il convient de faire, Excellence, dit alors l'un d'eux. Marchez vers la droite. Moi je marcherai vers la gauche. Vous verrez que, comme cela, ça ira. » Celui des deux qui parlait ainsi n'avait pas seulement servi dans les bureaux ; il avait aussi professé la calligraphie à l'école des enfants de troupe, et c'est ce qui faisait qu'il avait plus d'esprit.

Son avis fut aussitôt mis en action. L'un marcha vers la droite, et voilà qu'il découvrit des arbres, et sur ces arbres toute espèce de fruits.

Хочет генерал достать хоть одно яблоко, да все так высоко висят, что надобно лезть. Попробовал полезть — ничего не вышло, только рубашку изорвал.

Пришел генерал к ручью, видит: рыба там, словно в садке на Фонтанке, так и кишит, и кишит.

«Вот кабы этакой-то рыбки да на Подьяческую!» — подумал генерал и даже в лице изменился от аппетита.

Зашел генерал в лес — а там рябчики свищут, тетерева токуют, зайцы бегают.

— Господи! еды-то! еды-то! — сказал генерал, почувствовав, что его уже начинает тошнить. Делать нечего, пришлось возвращаться на условленное место с пустыми руками. Приходит, а другой генерал уж дожидается.

— Ну что, ваше превосходительство, промыслил что-нибудь?

— Да вот нашел старый нумер «Московских ведомостей», и больше ничего!

Легли опять спать генералы, да не спится им натощак. То беспокоит их мысль, кто за них будет пенсию получать, то припоминаются виденные днем плоды, рыбы, рябчики, тетерева, зайцы.

Il aurait bien voulu cueillir, ne fût-ce qu'une pomme, mais tous ces fruits étaient si haut perchés qu'il aurait fallu grimper aux arbres. Il tenta de le faire, mais ne réussit qu'à déchirer sa chemise.

Il arriva ensuite au bord d'un ruisseau, et qu'y vit-il ? Qu'il y fourmillait des poissons, tout comme dans le vivier de Fontanka à Saint-Pétersbourg.

« Si nous avions pareils poissons dans la rue Podiatcheskaïa ! » pensa notre général, et sa figure s'illumina à cette pensée appétissante.

Il arriva ensuite dans un bois. Ce n'étaient que gélinottes, coqs de bruyère, lièvres.

« Seigneur ! Quel régal ! quelle bonne aubaine ! » s'écria-t-il, et au même moment il commença à éprouver un malaise causé par la faim ; mais force lui fut de revenir les mains vides au lieu du rendez-vous. L'autre général l'y attendait déjà.

« Eh bien, Votre Excellence a-t-elle trouvé quelque chose ?

— Voici, je n'ai trouvé qu'un vieux numéro de la *Gazette de Moscou* ; pas autre chose ! »

Nos généraux prirent alors le parti de se recoucher, mais ils ne purent pas dormir l'estomac vide. Tantôt ils étaient troublés par la pensée de savoir qui pouvait toucher leur pension pour eux, tantôt ils étaient poursuivis par le souvenir des fruits, des poissons, des gélinottes, des coqs de bruyère, des lièvres, aperçus dans la journée.

— Кто бы мог думать, ваше превосходительство, что человеческая пища, в первоначальном виде, летает, плавает и на деревьях растет? — сказал один генерал.

— Да, — отвечал другой генерал, — признаться, и я до сих пор думал, что булки в том самом виде родятся, как их утром к кофею подают!

— Стало быть, если, например, кто хочет куропатку съесть, то должен сначала ее изловить, убить, ощипать, изжарить... Только как все это сделать?

— Как все это сделать? — словно эхо, повторил другой генерал.

Замолчали и стали стараться заснуть; но голод решительно отгонял сон. Рябчики, индейки, поросята так и мелькали перед глазами, сочные, слегка подрумяненные, с огурцами, пикулями и другим салатом.

— Теперь я бы, кажется, свой собственный сапог съел! — сказал один генерал.

— Хороши тоже перчатки бывают, когда долго ношены! — вздохнул другой генерал.

Вдруг оба генерала взглянули друг на друга: в глазах их светился зловещий огонь, зубы стучали, из груди вылетало глухое рычание. Они начали медленно подползать друг к другу и в одно мгновение ока остервенились. Полетели клочья, раздался визг и оханье.

« Qui aurait pu imaginer, Excellence, dit l'un, que la nourriture de l'homme, considérée sous son aspect primordial, vole en l'air, nage dans l'eau et croît sur les arbres ?

— Certes, répondit l'autre, je dois l'avouer, je croyais jusqu'ici que les petits pains blancs poussaient tout faits, comme on les sert le matin avec le café.

— Par conséquent, poursuivit le premier, si, par exemple, quelqu'un a envie de manger une perdrix, il faut commencer par la chasser, puis il faut la tuer, puis la plumer, puis la rôtir… Mais comment venir à bout de tout cela ?

— Oui, comment venir à bout de tout cela ? » répéta l'autre général comme un écho.

Ils se turent et tâchèrent de dormir, mais décidément la faim les en empêchait. Les gélinottes, les dindes, les cochons de lait, leur passaient devant les yeux avec accompagnement de concombres, de pickles et de diverses salades.

« Actuellement, je crois que je mangerais volontiers mes propres bottes, dit l'un des généraux.

— Les gants aussi ne sont pas mauvais, quand ils ont été beaucoup portés, » dit l'autre avec un soupir.

Tout à coup leurs regards s'entre-croisèrent. Leurs yeux jetaient un éclat fauve, leurs dents grinçaient. Un sourd rugissement s'échappa de leurs poitrines. Ils rampèrent l'un vers l'autre ; puis en un clin d'œil ils devinrent furieux comme des bêtes féroces. On vit voler des mèches de cheveux ; on entendit retentir des cris, puis des gémissements.

Генерал, который был учителем каллиграфии, откусил у своего товарища орден и немедленно проглотил.

Но вид текущей крови как будто образумил их.

— С нами крестная сила! — сказали они оба разом, — ведь этак мы друг друга съедим! И как мы попали сюда! кто тот злодей, который над нами такую штуку сыграл!

— Надо, ваше превосходительство, каким-нибудь разговором развлечься, а то у нас тут убийство будет! — проговорил один генерал.

— Начинайте! — отвечал другой генерал.

— Как, например, думаете вы, отчего солнце прежде восходит, а потом заходит, а не наоборот?

— Странный вы человек, ваше превосходительство: но ведь и вы прежде встаете, идете в департамент, там пишете, а потом ложитесь спать?

— Но отчего же не допустить такую перестановку: сперва ложусь спать, вижу различные сновидения, а потом встаю?

— Гм... да... А я, признаться, как служил в департаменте, всегда так думал: «Вот теперь утро, а потом будет день, а потом подадут ужинать — и спать пора!»

D'un coup de dent le général qui avait été professeur de calligraphie avait arraché à l'autre sa décoration et l'avait avalée tout entière en un instant.

La vue du sang qui coulait leur rendit enfin la raison.

« Nous sommes chrétiens ! s'écrièrent-ils, et nous allions nous manger ! Comment en sommes-nous venus là ? Quel est le mauvais génie qui nous a joué ce tour ?

— Excellence, il faut nous distraire par quelque conversation, sans quoi il y aura mort d'homme.

— Commencez.

— Par exemple, à quelle cause attribuez-vous que le soleil commence par se lever et finisse par se coucher, au lieu que ce soit l'inverse ?

— Excellence, permettez-moi de vous dire que vous êtes vraiment un homme étrange. Vous-même vous n'agissez pas autrement que le soleil. Vous commencez par vous lever, puis vous allez au ministère, ensuite vous y faites des écritures, et enfin vous finissez par vous coucher.

— Mais pourquoi ne pas admettre l'ordre suivant : je commence par me coucher ; je fais des rêves variés ; ensuite je me lève ?

— Hein ?... Oui-da !... cela mérite réflexion. À vous parler franchement, du temps que je servais au ministère, je n'avais qu'une manière de voir les choses. Je me disais : Maintenant c'est le matin, puis ce sera le jour, ensuite on me servira mon souper ; puis enfin ce sera le moment d'aller se coucher. »

Но упоминовение об ужине обоих повергло в уныние и пресекло разговор в самом начале.

— Слышал я от одного доктора, что человек может долгое время своими собственными соками питаться, — начал опять один генерал.

— Как так?

— Да так-с. Собственные свои соки будто бы производят другие соки, эти, в свою очередь, еще производят соки, и так далее, покуда, наконец, соки совсем не прекратятся...

— Тогда что ж?

— Тогда надобно пищу какую-нибудь принять...

— Тьфу!

Одним словом, о чем ни начинали генералы разговор, он постоянно сводился на воспоминание об еде, и это еще более раздражало аппетит. Положили: разговоры прекратить, и, вспомнив о найденном нумере «Московских ведомостей», жадно принялись читать его.

«*Вчера,* — читал взволнованным голосом один генерал, — *у почтенного начальника нашей древней столицы был парадный обед. Стол сервирован был на сто персон с роскошью изумительною. Дары всех стран назначили себе как бы рандеву на этом волшебном празднике.*

L'idée du souper les replongea dans la peine et coupa court à leur conversation dès le début.

L'un d'eux la renoua ainsi :

« J'ai entendu dire à un médecin que l'homme peut se nourrir longtemps de ses propres sucs.

— Comment cela ?

— Voici comme : les sucs humains, si je puis m'exprimer ainsi, reproduisent des sucs ; ceux-ci à leur tour en produisent d'autres, et ainsi de suite jusqu'à leur épuisement.

— Et alors ?

— Et alors il redevient nécessaire de prendre quelque nourriture.

— Ah ! diable ! »

Bref, quel que fût le sujet de leurs conversations, toujours ils en revenaient à la nourriture, et cela ne faisait qu'exciter leur appétit. Ils convinrent donc de cesser de causer, et, se rappelant la trouvaille de la *Gazette de Moscou*, ils en commencèrent la lecture avec avidité.

« *Hier,* lut d'une voix émue l'un de nos généraux, *il y a eu dîner de gala chez l'honorable gouverneur de notre antique capitale. La table était de cent couverts et servie avec un luxe inouï. Les produits de toutes les parties du monde s'étaient pour ainsi dire donné rendez-vous à cette fête magique.*

Тут была и «шекснинска стерлядь золотая», и питомец лесов кавказских, — фазан, и, столь редкая в нашем севере в феврале месяце, земляника...»

— Тьфу ты, господи! да неужто ж, ваше превосходительство, не можете найти другого предмета? — воскликнул в отчаянии другой генерал и, взяв у товарища газету, прочел следующее:

«Из Тулы пишут:

«вчерашнего числа, по случаю поимки в реке Упе осетра (происшествие, которого не запомнят даже старожилы, тем более что в осетре был опознан частный пристав Б.), был в здешнем клубе фестиваль. Виновника торжества внесли на громадном деревянном блюде, обложенного огурчиками и держащего в пасти кусок зелени. Доктор П., бывший в тот же день дежурным старшиною, заботливо наблюдал, дабы все гости получили по куску. Подливка была самая разнообразная и даже почти прихотливая...»

— Позвольте, ваше превосходительство, и вы, кажется, не слишком осторожны в выборе чтения! — прервал первый генерал и, взяв, в свою очередь, газету, прочел:

On y voyait le sterlet doré pêché dans les ondes de la Cheksna, et l'habitant des forêts du Caucase : le faisan. On y voyait des fraises, au mois de février, rare phénomène sous notre climat septentrional !... »

« Assez ! bon Dieu ! Votre Excellence ne peut-elle découvrir quelque autre sujet ? » s'écria avec désespoir l'autre général ; et, prenant le journal des mains de son compagnon, il lut ce qui suit :

« On nous écrit de Toula :

« Hier, à l'occasion de la prise d'un esturgeon dans la rivière Oupa (les habitants les plus âgés n'ont pas souvenir d'un pareil événement, d'autant plus extraordinaire que cet esturgeon offrait une ressemblance frappante avec le commissaire de police B...), le club de notre ville a donné un festival. Le héros de la fête fut servi sur un immense plat en bois. Il était entouré de petits concombres et tenait dans sa gueule un bouquet d'herbes. M. le docteur P..., chargé ce jour-là de la présidence du club, a veillé avec soin à ce que tous les invités eussent un bon morceau. Les sauces étaient des plus variées, même au point de friser l'excentricité. »

« Permettez, Excellence ! s'écria l'autre général en interrompant son compagnon, mais il me semble que vous aussi vous choisissez les sujets de lecture sans discernement. »

Prenant à son tour le journal, il lut ce qui suit :

«Из Вятки пишут:

«один из здешних старожилов изобрел следующий оригинальный способ приготовления ухи: взяв живого налима, предварительно его высечь; когда же, от огорчения, печень его увеличится…»

Генералы поникли головами. Все, на что бы они ни обратили взоры, — все свидетельствовало об еде. Собственные их мысли злоумышляли против них, ибо как они ни старались отгонять представления о бифштексах, но представления эти пробивали себе путь насильственным образом.

И вдруг генерала, который был учителем каллиграфии, озарило вдохновение…

— А что, ваше превосходительство, — сказал он радостно, — если бы нам найти мужика?

— То есть как же… мужика?

— Ну, да, простого мужика… какие обыкновенно бывают мужики! Он бы нам сейчас и булок бы подал, и рябчиков бы наловил, и рыбы!

— Гм… мужика… но где же его взять, этого мужика, когда его нет?

— Ка́к нет мужика — мужик везде есть, стоит только поискать его! Наверное, он где-нибудь спрятался, от работы отлынивает!

« *On nous écrit de Viatka :*

« *Un des anciens habitants de notre ville a inventé la recette originale que voici pour préparer la soupe au poisson. Prendre une lotte vivante, bien la battre, et lorsque son foie grossit sous l'influence de la douleur...* »

Les généraux baissèrent la tête. Tout ce qu'ils lisaient leur parlait de nourriture. Même leurs pensées conspiraient contre eux, car, quelques efforts qu'ils fissent pour chasser l'image des biftecks, cette image s'offrait d'elle-même et s'imposait de force à leur esprit.

Tout à coup une inspiration vint au général qui avait été professeur de calligraphie, et sa figure en fut illuminée.

« Que diriez-vous, Excellence, s'écria-t-il joyeusement, si nous trouvions un moujik ?

— Que voulez-vous dire ? Comment cela ? Un moujik ?

— Eh bien, oui, tout simplement un moujik tel que sont d'ordinaire les moujiks. Sur l'heure il nous servirait des petits pains ; il prendrait pour nous des gélinottes et des poissons.

— Hum !... un moujik... mais où le prendre, puisqu'il n'y en a pas ?

— Comment, il n'y en a pas ? Du moujik il y en a partout, il s'agit seulement de parvenir à le dénicher. Pour sûr, il est caché quelque part pour éviter de travailler. »

Мысль эта до того ободрила генералов, что они вскочили как встрепанные и пустились отыскивать мужика.

Долго они бродили по острову без всякого успеха, но, наконец, острый запах мякинного хлеба и кислой овчины навел их на след.

Под деревом, брюхом кверху и подложив под голову кулак, спал громаднейший мужичина и самым нахальным образом уклонялся от работы.

Негодованию генералов предела не было.

— Спишь, лежебок! — накинулись они на него, — небось и ухом не ведешь, что тут два генерала вторые сутки с голода умирают! сейчас марш работать!

Встал мужичина: видит, что генералы строгие. Хотел было дать от них стречка, но они так и закоченели, вцепившись в него.

И зачал он перед ними действовать.

Полез сперва-наперво на дерево и нарвал генералам по десятку самых спелых яблоков, а себе взял одно, кислое.

Потом покопался в земле — и добыл оттуда картофелю; потом взял два куска дерева, потер их друг об дружку — и извлек огонь. Потом из собственных волос сделал силок и поймал рябчика.

Cette pensée donna courage à nos généraux. Ce fut au point qu'oubliant leurs maux, ils se levèrent comme mus par un ressort et se mirent à la recherche du moujik.

Ils errèrent longtemps dans l'île sans aucun succès ; mais enfin une âcre odeur de mauvais pain et de peau de mouton les mit sur la trace.

Au pied d'un arbre dormait, couché sur le dos, les poings sous la tête, un énorme moujik, fuyant ainsi le travail de la manière la plus éhontée.

L'indignation des généraux ne connut pas de bornes. Ils s'élancèrent sur lui en criant :

« Tu dors, fainéant ! Tu ne te fais pas l'ombre d'un souci de ce que deux généraux meurent ici de faim depuis deux fois vingt-quatre heures ! Vite ! marche ! au travail ! »

Le moujik se leva. Il vit que les généraux ne plaisantaient pas. Il aurait bien eu envie de s'esquiver, mais ils le tenaient solidement.

Il commença donc à travailler devant eux.

Il grimpa d'abord sur un arbre et cueillit pour eux une dizaine de pommes des plus mûres. Pour lui-même, il n'en cueillit qu'une mauvaise, pas mûre.

Ensuite il fouilla le sol et y trouva des pommes de terre. Ensuite il prit deux morceaux de bois, les frotta l'un contre l'autre et alluma du feu. Ensuite, de ses propres cheveux, il fabriqua un collet et prit une gélinotte.

Наконец, развел огонь и напек столько разной провизии, что генералам пришло даже на мысль: «Не дать ли и тунеядцу частичку?»

Смотрели генералы на эти мужицкие старания, и сердца у них весело играли. Они уже забыли, что вчера чуть не умерли с голоду, а думали: «Вот как оно хорошо быть генералами — нигде не пропадешь!»

— Довольны ли вы, господа генералы? — спрашивал между тем мужичина-лежебок.

— Довольны, любезный друг, видим твое усердие! — отвечали генералы.

— Не позволите ли теперь отдохнуть?

— Отдохни, дружок, только свей прежде веревочку.

Набрал сейчас мужичина дикой конопли, размочил в воде, поколотил, помял — и к вечеру веревка была готова.

Этою веревкою генералы привязали мужичину к дереву, чтоб не убег, а сами легли спать.

Прошел день, прошел другой; мужичина до того изловчился, что стал даже в пригоршне суп варить.

Сделались наши генералы веселые, рыхлые, сытые, белые. Стали говорить, что вот они здесь на всем готовом живут, а в Петербурге между тем пенсии ихние всё накапливаются да накапливаются.

Puis, il sut faire cuire des mets si variés que les généraux se demandèrent entre eux s'il n'y avait pas lieu d'en donner un petit morceau à ce fainéant.

Nos généraux se plaisaient à considérer tout ce travail du moujik, et leurs cœurs battaient joyeusement. Ils oubliaient déjà qu'ils étaient presque morts de faim la veille, et ils se disaient : « Il fait bon d'être général ; on se tire toujours d'affaire.

— Êtes-vous contents, messieurs les généraux ? leur demanda ce propre-à-rien de moujik.

— C'est avec satisfaction, cher ami, que nous considérons ton zèle, répondirent les généraux.

— Me permettez-vous maintenant de me reposer ?

— Repose-toi, bon ami, mais auparavant fabrique-nous une corde. »

Le moujik cueillit aussitôt du chanvre sauvage, le mouilla, le battit, le tordit et le soir la corde était prête.

Avec cette corde, les généraux attachèrent le moujik à un arbre afin qu'il ne se sauvât point, et eux-mêmes se couchèrent afin de dormir.

Un jour s'écoula, puis un autre. Le moujik devint habile jusqu'à savoir faire cuire la soupe dans le creux de ses mains.

Nos généraux se sentaient de plus en plus gros, gras, repus, joyeux et guillerets. Ils se mirent à calculer qu'ils étaient défrayés de tout et que, pendant ce temps-là, à Saint-Pétersbourg, leur pension s'accumulait sans cesse.

— А как вы думаете, ваше превосходительство, в самом ли деле было вавилонское столпотворение, или это только так, одно иносказание? — говорит, бывало, один генерал другому, позавтракавши.

— Думаю, ваше превосходительство, что было в самом деле, потому что иначе как же объяснить, что на свете существуют разные языки!

— Стало быть, и потоп был?

— И потоп был, потому что, в противном случае, как же было бы объяснить существование допотопных зверей? Тем более, что в «Московских ведомостях» повествуют...

— А не почитать ли нам «Московских ведомостей»?

Сыщут нумер, усядутся под тенью, прочтут от доски до доски, как ели в Москве, ели в Туле, ели в Пензе, ели в Рязани — и ничего, не тошнит!

Долго ли, коротко ли, однако генералы соскучились. Чаще и чаще стали они припоминать об оставленных ими в Петербурге кухарках и втихомолку даже поплакивали.

— Что-то теперь делается в Подьяческой, ваше превосходительство? — спрашивал один генерал другого.

— И не говорите, ваше превосходительство! все сердце изныло! — отвечал другой генерал.

« Mais que pense Votre Excellence ? dit un jour l'un des généraux à l'autre en déjeunant. La construction de la tour de Babel a-t-elle réellement eu lieu ? ou n'est-ce qu'une allégorie ?

— Je pense, Excellence, qu'elle a réellement eu lieu. Autrement, comment expliquer la diversité des langues en ce monde ?

— Ainsi, vous croyez aussi au déluge ?

— Certainement : car comment, sans cela, expliquer l'existence d'animaux antédiluviens ? D'autant plus qu'on annonce dans la *Gazette de Moscou*...

— Si nous jetions un petit coup d'œil sur la *Gazette de Moscou* ? »

Ils allèrent chercher le numéro du journal, s'assirent à l'ombre, lurent d'un bout à l'autre les comptes rendus de la manière dont on avait mangé à Moscou, mangé à Toula, mangé à Penza, mangé à Riazan, — et cela ne les affectait plus comme auparavant.

Au bout d'un certain temps néanmoins nos généraux commencèrent à s'ennuyer. Ils pensaient de plus en plus souvent aux cuisinières qu'ils avaient laissées à Saint-Pétersbourg, et ils versèrent même quelques larmes en silence.

« Que fait-on en ce moment rue Podiatcheskaïa, Excellence ? demanda l'un d'eux.

— Ne m'en parlez pas, Excellence, mon cœur en est tout attristé ! répondit l'autre.

— Хорошо-то оно хорошо здесь — слова нет! а все, знаете, как-то неловко барашку без ярочки! да и мундира тоже жалко!

— Еще как жалко-то! Особливо, как четвертого класса, так на одно шитье посмотреть, голова закружится!

И начали они нудить мужика: представь да представь их в Подьяческую!

И что ж! оказалось, что мужик знает даже Подьяческую, что он там был, мед-пиво пил, по усам текло, в рот не попало!

— А ведь мы с Подьяческой генералы! — обрадовались генералы.

— А я, коли видели: висит человек снаружи дома, в ящике на веревке, и стену краской мажет, или по крыше словно муха ходит — это он самый я и есть! — отвечал мужик.

И начал мужик на бобах разводить, как бы ему своих генералов порадовать за то, что они его, тунеядца, жаловали и мужицким его трудом не гнушалися! И выстроил он корабль — не корабль, а такую посудину, чтоб можно было океан-море переплыть вплоть до самой Подьяческой.

— On est fort bien ici. Il n'y a rien à redire. Mais la sagesse des nations a raison, il n'est pas bon pour l'homme d'être seul : le mouton ne va pas sans la brebis. Puis, mon uniforme me manque.

— Il me manque joliment, le mien. Comme il est de quatrième classe, la tête vous tourne rien qu'à considérer les broderies. »

Et ils commencèrent à tourmenter le moujik pour qu'il les conduisît à la rue Podiatcheskaïa.

Eh quoi ! le moujik connaissait la rue Podiatcheskaïa ; il y avait été en personne ; il y avait bu de l'hydromel et de la bière, et même il en avait bu force rasades.

« Mais nous sommes des généraux de la rue Podiatcheskaïa ! s'écrièrent nos généraux joyeusement.

— Et moi, répondit le moujik, chaque fois que vous avez aperçu un homme suspendu au dehors d'une maison le long d'une corde avec un pot de couleur et peignant les murs, ou bien se promenant sur les toits comme une mouche, c'était moi. »

Et le moujik chercha comment il pourrait faire plaisir à ses généraux en reconnaissance de ce qu'ils daignaient lui témoigner de la bienveillance, à lui fainéant, et de ce qu'ils n'avaient point de mépris pour son labeur de moujik. Et il construisit un navire, ou, pour mieux dire, une barque qui fût en état de traverser la mer et d'aborder tout contre la rue Podiatcheskaïa.

— Ты смотри, однако, каналья, не утопи нас! — сказали генералы, увидев покачивавшуюся на волнах ладью.

— Будьте покойны, господа генералы, не впервой! — отвечал мужик и стал готовиться к отъезду.

Набрал мужик пуху лебяжьего мягкого и устлал им дно лодочки. Уставши, уложил на дно генералов и, перекрестившись, поплыл.

Сколько набрались страху генералы во время пути от бурь да от ветров разных, сколько они ругали мужичину за его тунеядство — этого ни пером описать, ни в сказке сказать.

А мужик все гребет да гребет, да кормит генералов селедками.

Вот, наконец, и Нева-матушка, вот и Екатерининский славный канал, вот и Большая Подьяческая!

Всплеснули кухарки руками, увидевши, какие у них генералы стали сытые, белые да веселые!

Напились генералы кофею, наелись сдобных булок и надели мундиры. Поехали они в казначейство, и сколько тут денег загребли — того ни в сказке сказать, ни пером описать!

Однако, и об мужике не забыли; выслали ему рюмку водки да пятак серебра: веселись, мужичина!

« Fais pourtant attention, canaille, de ne pas nous noyer, dirent les généraux en voyant la nacelle secouée par les flots.

— Soyez tranquilles, messieurs les généraux, cela me connaît, » répondit le moujik, et il se prépara pour le départ.

Il ramassa du duvet de cygne et l'étendit dans le fond de la barque. Ceci fait, il y coucha les généraux, fit le signe de la croix et mit la barque en mouvement.

Combien de fois les généraux prirent peur des tempêtes et des vents pendant la route, combien de fois ils injurièrent le moujik à cause de sa fainéantise, cela défie toute description.

Cependant le moujik ramait et ramait encore, et il nourrissait les généraux de harengs.

Enfin, l'on se retrouva sur l'antique Néva, et voilà que l'on aperçut le fameux canal de Catherine, et voici la grande Podiatcheskaïa !

Les cuisinières battirent des mains en revoyant leurs généraux gros, gras et guillerets.

Les généraux prirent leur café, se bourrèrent de petits pains sucrés et revêtirent leurs uniformes. Ils se rendirent au Trésor, et ce qu'ils y râtelèrent d'argent est impossible à redire dans un conte, ni à décrire avec la plume !

Cependant ils n'oublièrent pas le moujik ; ils lui envoyèrent un petit verre d'eau-de-vie et une pièce de cinq kopecks. Réjouis-toi, moujik !

Пропала совесть[1]

Пропала совесть. По-старому толпились люди на улицах и в театрах; по-старому они то догоняли, то перегоняли друг друга; по-старому суетились и ловили на лету куски, и никто не догадывался, что чего-то вдруг стало недоставать и что в общем жизненном оркестре перестала играть какая-то дудка. Многие начали даже чувствовать себя бодрее и свободнее. Легче сделался ход человека: ловчее стало подставлять ближнему ногу, удобнее льстить, пресмыкаться, обманывать, наушничать и клеветать.

Всякую болесть вдруг как рукой сняло; люди не шли, а как будто неслись; ничто не огорчало их, ничто не заставляло задуматься; и настоящее, и будущее — все, казалось, так и отдавалось им в руки, — им, счастливцам, не заметившим о пропаже совести.

Совесть пропала вдруг… почти мгновенно!

---

1. Пропала совесть.

Conscience perdue

On avait perdu la conscience. Cependant rien ne semblait changé. Il y avait toujours foule dans les rues et dans les théâtres ; les passants continuaient à aller et venir ; les ambitions continuaient à s'agiter, et c'était toujours à qui happerait un bon morceau à la volée. Personne ne remarquait que subitement quelque chose avait disparu et que certaine flûte avait cessé de jouer sa partie dans le grand orchestre de la vie humaine. Même beaucoup de gens commencèrent à se sentir plus libres et plus braves. L'homme eut la démarche plus légère et comprit mieux toute la commodité qu'on trouve à donner des crocs-en-jambe au voisin, l'opportunité de flatter, de ramper, de tromper, de faire de faux rapports, de calomnier.

Il semblait qu'on eût escamoté tout malaise. Les gens ne marchaient pas, ils se sentaient comme portés. Rien ne les affectait, rien ne les faisait réfléchir. Le présent, l'avenir, tout semblait appartenir à tous ces gens heureux qui n'avaient même pas remarqué la perte de la conscience.

Elle avait disparu subitement… en un clin d'œil !

Еще вчера эта надоедливая приживалка так и мелькала перед глазами, так и чудилась возбужденному воображению, и вдруг… ничего!

Исчезли досадные призраки, а вместе с ними улеглась и та нравственная смута, которую приводила за собой обличительница-совесть.

Оставалось только смотреть на божий мир и радоваться: мудрые мира поняли, что они, наконец, освободились от последнего ига, которое затрудняло их движения, и, разумеется, поспешили воспользоваться плодами этой свободы. Люди остервенились; пошли грабежи и разбои, началось вообще разорение.

А бедная совесть лежала между тем на дороге, истерзанная, оплеванная, затоптанная ногами пешеходов. Всякий швырял ее, как негодную ветошь, подальше от себя; всякий удивлялся, каким образом в благоустроенном городе, и на самом бойком месте, может валяться такое вопиющее безобразие.

И бог знает, долго ли бы пролежала таким образом бедная изгнанница, если бы не поднял ее какой-то несчастный пропоец, позарившийся с пьяных глаз даже на негодную тряпицу, в надежде получить за нее шкалик.

Hier encore elle était là comme un parasite ennuyeux, visible à tous les regards, s'imposant à l'attention, et tout à coup... plus rien !

Les fantômes déplaisants avaient disparu avec elle ; disparu aussi ce trouble moral qui accompagnait la conscience accusatrice.

On n'avait plus qu'à se laisser aller au courant de la vie et à s'amuser. Les sages de ce monde comprirent qu'ils étaient enfin affranchis du dernier lien qui entravait leurs mouvements, et il va sans dire qu'ils s'empressèrent de recueillir les fruits de cette liberté. C'était à qui ferait rage ; il n'y eut que rapine et que vols ; ce fut le commencement d'une ruine générale.

Cependant la malheureuse conscience gisait toute lacérée sur la voie publique. Les passants la conspuaient et la poussaient du pied. Chacun la piétinait comme on aurait fait d'une méchante loque ; chacun se demandait avec étonnement comment il se pouvait faire que dans une ville bien policée, et à l'endroit le plus fréquenté, pareil scandale pût s'étaler au grand jour.

Dieu sait si la pauvre proscrite ne serait pas demeurée longtemps en cet état sans un infortuné ivrogne qui la ramassa après avoir convoité de ses yeux d'ivrogne ce mauvais chiffon, dans l'espoir de se procurer un petit verre d'eau-de-vie en le vendant.

И вдруг он почувствовал, что его пронизала словно электрическая струя какая-то. Мутными глазами начал он озираться кругом и совершенно явственно ощутил, что голова его освобождается от винных паров и что к нему постепенно возвращается то горькое сознание действительности, на избавление от которого были потрачены лучшие силы его существа.

Сначала он почувствовал только страх, тот тупой страх, который повергает человека в беспокойство от одного предчувствия какой-то грозящей опасности; потом всполошилась память, заговорило воображение. Память без пощады извлекала из тьмы постыдного прошлого все подробности насилий, измен, сердечной вялости и неправд; воображение облекало эти подробности в живые формы. Затем, сам собой, проснулся суд…

Жалкому пропойце все его прошлое кажется сплошным безобразным преступлением. Он не анализирует, не спрашивает, не соображает: он до того подавлен вставшею перед ним картиною его нравственного падения, что тот процесс самоосуждения, которому он добровольно подвергает себя, бьет его несравненно больнее и строже, нежели самый строгий людской суд.

Он не хочет даже принять в расчет, что большая часть того прошлого, за которое он себя так клянет, принадлежит совсем не ему, бедному и жалкому пропойце, а какой-то тайной, чудовищной силе,

Tout à coup il sentit circuler dans toute sa personne une sorte de courant électrique. De ses yeux troublés il commença à regarder autour de lui. Sa tête, c'était évident pour lui, se débarrassait des vapeurs du vin. Peu à peu elle lui revenait, cette conscience amère de la réalité dont il s'était affranchi au prix de toutes ses forces vives anéanties par la boisson.

D'abord il n'éprouva que de la peur, cette peur bête qui trouble parfois l'homme quand il a le pressentiment d'un danger menaçant. Ensuite sa mémoire s'inquiéta ; son imagination se mit à parler. Sa mémoire impitoyable fit sortir des ténèbres de son honteux passé toutes les particularités relatives aux violences, aux trahisons, aux iniquités qu'il avait commises, tout ce qui rappelait la flétrissure de son cœur. Son imagination revêtit tous ces détails de formes vivantes. Le voilà réveillé de sa longue léthargie ; mais c'est pour se transformer en une sorte de tribunal et se juger lui-même.

Tout son passé paraît au malheureux ivrogne comme un crime continuel, comme un perpétuel scandale. Il ne procède pas par interrogations, par examen, par analyse. Il est écrasé du premier coup en apercevant le tableau de sa chute morale, et il se sent mille fois plus puni par ce tribunal intérieur devant lequel il a comparu de son propre gré qu'il n'aurait pu l'être par le plus sévère tribunal humain.

Il ne veut même pas admettre, par atténuation, que la plus grande partie de ce passé pour lequel il se maudit ne dépendait pas de lui, infime et misérable ivrogne, mais d'une puissance mystérieuse et immense

которая крутила и вертела им, как крутит и вертит в степи вихрь ничтожною былинкою.

Что́ такое его прошлое? почему он прожил его так, а не иначе? что́ такое он сам? — все это такие вопросы, на которые он может отвечать только удивлением и полнейшею бессознательностью.

Иго строило его жизнь; под игом родился он, под игом же сойдет и в могилу.

Вот, пожалуй, теперь и явилось сознание — да на что оно ему нужно? затем ли оно пришло, чтоб безжалостно поставить вопросы и ответить на них молчанием? затем ли, чтоб погубленная жизнь вновь хлынула в разрушенную храмину, которая не может уже выдержать наплыва ее?

Увы! проснувшееся сознание не приносит ему с собой ни примирения, ни надежды, а встрепенувшаяся совесть указывает только один выход — выход бесплодного самообвинения.

И прежде кругом была мгла, да и теперь та же мгла, только населившаяся мучительными привидениями; и прежде на руках звенели тяжелые цепи, да и теперь те же цепи, только тяжесть их вдвое увеличилась, потому что он понял, что это цепи.

qui l'a lancé et entraîné en ce monde, pareille à l'ouragan quand il emporte dans ses tourbillons, à travers la steppe, un frêle brin d'herbe.

Qu'est donc son passé ? Pourquoi sa vie a-t-elle suivi cette direction-là et non pas quelque autre voie ? Qu'est-il lui-même ? Autant de questions auxquelles il ne peut répondre que par la plus complète ignorance et le plus profond étonnement.

Le joug, tel est l'emblème qui a présidé à son existence. Il est né sous le joug, c'est sous le joug qu'il descendra dans la tombe.

Or voilà que maintenant la conscience lui est apparue... mais à quoi bon ? Est-elle venue pour lui poser impitoyablement des questions sans réponses ? Est-elle venue dans cette demeure détruite pour y faire revivre l'existence passée ? Mais cette ruine pourra à peine supporter un pareil choc.

Hélas ! la conscience réveillée ne lui apporte ni espérance ni réconciliation. Elle ne sort de sa torpeur que pour le conduire dans une impasse : l'accusation volontaire de soi-même dépourvue de sanction ; s'accuser pour s'accuser.

Il vivait jadis entouré d'un brouillard ; aujourd'hui le même brouillard subsiste, mais peuplé de visions douloureuses. Dès autrefois de lourdes chaînes retentissaient à ses bras ; maintenant ce sont encore les mêmes chaînes, mais leur poids a doublé parce qu'il a compris que ce sont des chaînes.

Льются рекой бесполезные пропойцевы слезы; останавливаются перед ним добрые люди и утверждают, что в нем плачет вино.

— Батюшки! не могу… несносно! — криком кричит жалкий пропоец, а толпа хохочет и глумится над ним.

Она не понимает, что пропоец никогда не был так свободен от винных паров, как в эту минуту, что он просто сделал несчастную находку, которая разрывает на части его бедное сердце. Если бы она сама набрела на эту находку, то уразумела бы, конечно, что есть на свете горесть, лютейшая всех горестей, — это горесть внезапно обретенной совести. Она уразумела бы, что и она — настолько же подъяремная и изуродованная духом толпа, насколько подъяремен и нравственно искажен взывающий перед нею пропоец.

«Нет, надо как-нибудь ее сбыть! а то с ней пропадешь, как собака!» — думает жалкий пьяница и уже хочет бросить свою находку на дорогу, но его останавливает близь стоящий хожалый.

— Ты, брат, кажется, подбрасыванием подметных пасквилей заниматься вздумал! — говорит он ему, грозя пальцем, — у меня, брат, и в части за это посидеть недолго!

Notre ivrogne se mit à verser des larmes inutiles. Les bonnes gens qui passaient commencèrent à s'arrêter autour de lui et affirmèrent que c'était le vin qui opérait en lui.

« Mes amis, je ne peux m'empêcher de pleurer, c'est au-dessus de mes forces, » disait le malheureux ivrogne. Et la foule de rire aux éclats et de se moquer de lui.

Elle ne comprenait pas que jamais il n'avait été aussi affranchi des vapeurs du vin qu'à ce moment-là, et qu'il avait tout bonnement fait une fâcheuse trouvaille qui lui déchirait le cœur. Si cette foule avait fait elle-même pareille trouvaille, elle aurait compris assurément qu'il est au monde une douleur, la plus cruelle de toutes, celle qu'on éprouve en trouvant inopinément la conscience. Elle aurait compris, cette foule, qu'elle-même était aussi difforme d'esprit, aussi abrutie que cet ivrogne qui se lamentait devant elle.

« Non, se disait le malheureux, il faut que je m'en défasse coûte que coûte, sinon c'est fait de moi. » Et déjà il s'apprêtait à jeter sa trouvaille sur la voie publique, mais il en fut empêché par la présence d'un sergent de ville.

« Toi, mon bon, lui dit ce dernier en le menaçant du doigt, tu m'as tout l'air de vouloir distribuer à la dérobée des brochures clandestines. Ce ne sera pas long, tu sais, de te fourrer au violon. »

Пропоец проворно прячет находку в карман и удаляется с нею. Озираясь и крадучись, приближается он к питейному дому, в котором торгует старинный его знакомый, Прохорыч. Сначала он заглядывает потихоньку в окошко и, увидев, что в кабаке никого нет, а Прохорыч один-одинехонек дремлет за стойкой, в одно мгновение ока растворяет дверь, вбегает, и прежде, нежели Прохорыч успевает опомниться, ужасная находка уже лежит у него в руке.

Некоторое время Прохорыч стоял с вытаращенными глазами; потом вдруг весь вспотел. Ему почему-то померещилось, что он торгует без патента; но, оглядевшись хорошенько, он убедился, что все патенты, и синие, и зеленые, и желтые, налицо.

Он взглянул на тряпицу, которая очутилась у него в руках, и она показалась ему знакомою.

«Эге! — вспомнил он, — да, никак, это та самая тряпка, которую я насилу сбыл перед тем, как патент покупать! да! она самая и есть!»

Убедившись в этом, он тотчас же почему-то сообразил, что теперь ему разориться надо.

L'ivrogne cacha promptement sa trouvaille dans sa poche et s'éloigna. Il se dirigea à pas de loup, et en regardant à la ronde pour voir si on ne l'épiait pas, vers le cabaret de sa vieille connaissance le cabaretier Prokoritch. Avant d'entrer, il jeta tout doucement un coup d'œil sur l'intérieur par la fenêtre. Voyant qu'il n'y avait pas de pratiques dans le cabaret et que Prokoritch sommeillait derrière son comptoir, il ouvrit rapidement la porte, entra en courant, et, sans donner à Prokoritch le temps de se reconnaître, il lui mit dans la main la terrible trouvaille et se sauva.

Prokoritch demeura pendant quelques instants les yeux écarquillés. Ensuite il se senti pris d'une sueur froide. Il eut comme une vision qu'il faisait son commerce sans que ses papiers fussent en règle ; mais, après une prompte et générale inspection, il reconnut qu'il ne manquait aucun papier, ni le bleu, ni le vert, ni le jaune, exigés par les autorités.

Il jeta ensuite un regard sur le chiffon qui se trouvait dans ses mains, et il lui parut connu.

« Hé, hé, fit-il, c'est bien le même chiffon dont je me suis défait à grand-peine avant l'achat de ma patente de cabaretier. Oui, c'est bien le même. »

Après s'être convaincu de ce point, il calcula aussitôt que sa ruine était chose assurée. Voici le raisonnement qu'il fit pour ainsi dire machinalement :

— Коли человек делом занят, да этакая пакость к нему привяжется, — говори, пропало! никакого дела не будет и быть не может! — рассуждал он почти машинально и вдруг весь затрясся и побледнел, словно в глаза ему глянул неведомый дотоле страх.

— А ведь куда скверно спаивать бедный народ! — шептала проснувшаяся совесть.

— Жена! Арина Ивановна! — вскрикнул он вне себя от испуга.

Прибежала Арина Ивановна, но как только увидела, какое Прохорыч сделал приобретение, так не своим голосом закричала:

«Караул! батюшки! грабят!»

«И за что я, через этого подлеца, в одну минуту всего лишиться должен?» — думал Прохорыч, очевидно, намекая на пропойца, всучившего ему свою находку. А крупные капли пота между тем так и выступали на лбу его.

Между тем кабак мало-помалу наполнялся народом, но Прохорыч, вместо того, чтоб с обычною любезностью потчевать посетителей, к совершенному изумлению последних не только отказывался наливать им вино, но даже очень трогательно доказывал, что в вине заключается источник всякого несчастия для бедного человека.

« Un homme est dans les affaires. Survient ce fléau, c'en est fait ; il n'y a plus, il ne peut plus y avoir d'affaires. » Il se mit à trembler incontinent ; il pâlit, il fut saisi d'une peur sans précédent chez lui.

La conscience se réveillait en lui et murmurait :

« Non, non, il ne faut plus enivrer ignominieusement le pauvre peuple. »

Hors de lui, épouvanté, il appela à son secours sa femme Arina Ivanovna.

Arina Ivanovna accourut, mais dès qu'elle eut reconnu l'acquisition involontaire faite par Prokoritch, elle cria d'une voix émue :

« Au secours ! à la garde ! au voleur !

— Pourquoi suis-je condamné à une prompte ruine par la faute de ce misérable ? » se disait Prokoritch en pensant à l'ivrogne qui lui avait repassé la trouvaille, et de grosses gouttes de sueur lui vinrent au front.

Le cabaret se remplissait cependant peu à peu de gens du peuple, mais Prokoritch, au lieu de servir ses clients avec sa bonne humeur habituelle, les jeta dans un profond étonnement, non seulement en refusant de leur verser du vin, mais encore en leur démontrant d'une manière très touchante que, pour le pauvre, tout le malheur vient de la boisson.

— Коли бы ты одну рюмочку выпил — это так! это даже пользительно! — говорил он сквозь слезы, — а то ведь ты норовишь, как бы тебе целое ведро сожрать! И что ж? сейчас тебя за это самое в часть сволокут; в части тебе под рубашку засыплют, и выдешь ты оттоль, словно кабы награду какую получил! А и всей-то твоей награды было сто лозанов! Так вот ты и подумай, милый человек, стоит ли из-за этого стараться, да еще мне, дураку, трудовые твои денежки платить!

— Да что ты, никак, Прохорыч, с ума спятил! — говорили ему изумленные посетители.

— Спятишь, брат, коли с тобой такая оказия случится! — отвечал Прохорыч, — ты вот лучше посмотри, какой я нынче патент себе выправил!

Прохорыч показывал всученную ему совесть и предлагал, не хочет ли кто из посетителей воспользоваться ею. Но посетители, узнавши, в чем штука, не только не изъявляли согласия, но даже боязливо сторонились и отходили подальше.

— Вот так патент! — не без злобы прибавлял Прохорыч.

— Что́ ж ты теперь делать будешь? — спрашивали его посетители.

« Si encore, disait-il à travers ses larmes, vous vous conten-
tiez chacun de boire un petit verre, soit ; ce serait même profi-
table. Mais vous ne songez qu'à saisir les occasions pour avaler
des tonneaux tout entiers. Et qu'arrive-t-il ? Vous vous eni-
vrez, on vous traîne au poste, et là, pour tout profit, vous re-
cevez cent coups de bâton. Réfléchissez-y un peu, mes amis :
cela vaut-il la peine de courir après pareille chose, et de payer,
par-dessus le marché, à un imbécile comme moi, tout l'argent
que vous avez gagné ?

— Mais, Prokoritch, tu perds l'esprit ! lui disaient
ses clients étonnés.

— Ce n'est pas extraordinaire qu'on le perde, amis, quand
on est frappé par un malheur comme celui qui m'atteint,
répondit Prokoritch. Voyez plutôt l'espèce de patente que
j'ai reçue. »

Il leur montra en même temps la conscience que l'ivrogne
lui avait glissée dans les mains et demanda si personne n'en
voulait profiter ; mais, chacun ayant reconnu de quoi il
s'agissait, c'était à qui se reculerait à distance respectueuse.
Personne ne marquait d'empressement à accepter l'offre de
Prokoritch.

« Voyez la jolie patente. Qui en veut ? répétait Prokoritch
en enrageant.

— Mais qu'est-ce que tu comptes faire dorénavant ? lui
demandèrent ses clients.

— Теперича я полагаю так: остается мне одно — помереть! Потому обманывать я теперь не могу; водкой спаивать бедный народ тоже не согласен; что же мне теперича делать, кроме как помереть?

— Резон! — смеялись над ним посетители.

— Я даже так теперь думаю, — продолжал Прохорыч, — всю эту посудину, какая тут есть, перебить и вино в канаву вылить! Потому, коли ежели кто имеет в себе эту добродетель, так тому даже самый запах сивушный может нутро перевернуть!

— Только смей у меня! — вступилась наконец Арина Ивановна, сердца которой, по-видимому, не коснулась благодать, внезапно осенившая Прохорыча, — ишь добродетель какая выискалась!

Но Прохорыча уже трудно было пронять. Он заливался горькими слезами и все говорил, все говорил.

— Потому, — говорил он, — что ежели уж с кем это несчастие случилось, тот так несчастным и должен быть. И никакого он об себе мнения, что он торговец или купец, заключить не смеет. Потому что это будет одно его напрасное беспокойство. А должен он о себе так рассуждать: «Несчастный я человек в сем мире — и больше ничего».

— Maintenant, mes amis, voici comment je raisonne : il ne me reste plus qu'une chose à faire, — mourir ! En effet, il ne m'est plus possible de tromper mon prochain. Je ne veux plus griser le pauvre peuple avec de l'eau-de-vie. Donc, que me reste-t-il à faire, si ce n'est de mourir ?

— Il a raison, dirent ses clients en riant de lui.

— Même, continua Prokoritch, voici ce qui me vient à l'esprit : j'ai envie de briser toute la vaisselle que voilà et de faire couler tout le contenu des tonneaux dans le canal voisin. On est plus sûr ainsi d'éviter la tentation de boire. »

Ici, Arina Ivanovna intervint par ces simples paroles : « Essaye un peu, pour voir. » Car son cœur, à elle, n'avait évidemment pas été touché par la grâce divine descendue si subitement sur Prokoritch.

Mais ce n'était pas facile d'arrêter celui-ci ; il continuait à verser des larmes amères et à parler sans cesse.

« Si malheur pareil au mien arrive à un homme, disait-il, c'est que c'était écrit ; cela devait arriver ; cet homme était prédestiné au malheur. En s'examinant, en cherchant à se définir lui-même, cet homme n'osera plus dire : « Je suis un commerçant, je suis un marchand. » Il ne pourrait s'exprimer ainsi sans un trouble profond. Il doit dire simplement : « Je suis un malheureux. »

Таким образом в философических упражнениях прошел целый день, и хотя Арина Ивановна решительно воспротивилась намерению своего мужа перебить посуду и вылить вино в канаву, однако они в тот день не продали ни капли.

К вечеру Прохорыч даже развеселился и, ложась на ночь, сказал плачущей Арине Ивановне:

— Ну вот, душенька и любезнейшая супруга моя! хоть мы и ничего сегодня не нажили, зато как легко тому человеку, у которого совесть в глазах есть!

И действительно, он, как лег, так сейчас и уснул. И не метался во сне, и даже не храпел, как это случалось с ним в прежнее время, когда он наживал, но совести не имел.

Но Арина Ивановна думала об этом несколько иначе. Она очень хорошо понимала, что в кабацком деле совесть совсем не такое приятное приобретение, от которого можно было бы ожидать прибытка, и потому решилась во что бы то ни стало отделаться от непрошеной гостьи.

Скрепя сердце, она переждала ночь, но как только в запыленные окна кабака забрезжил свет, она выкрала у спящего мужа совесть и стремглав бросилась с нею на улицу.

Prokoritch se livra pendant toute cette journée à ces exercices de haute philosophie, et, bien qu'Arina Ivanovna se fût résolument opposée au projet de son mari de briser la vaisselle et de verser le vin dans le canal, néanmoins ils ne vendirent rien ce jour-là.

Vers le soir Prokoritch sortit de son état de tristesse ; il devint même gai et, en se couchant, il dit à Arina Ivanovna qui pleurait :

« Eh bien, ma petite âme et très chère épouse, quoique nous n'ayons rien gagné aujourd'hui, comme on se sent léger tout de même quand on a la conscience pure ! »

En effet, à peine couché, il s'endormit et ne fut pas agité en dormant, et même il ne ronfla pas, tandis qu'il ronflait jadis alors qu'il gagnait de l'argent, mais qu'il n'avait pas de conscience.

Cependant Arina Ivanovna voyait les choses un peu autrement. Elle comprenait très bien que, pour le commerce d'un cabaretier, la conscience n'était pas déjà une acquisition si agréable et dont on pût espérer profit ; aussi bien résolut-elle de se défaire à tout prix de cet hôte importun.

Elle attendit patiemment toute la nuit, mais, à peine le jour commença-t-il à poindre à travers les vitres poudreuses du cabaret, qu'elle déroba la conscience à son mari dormant et l'emporta précipitamment dans la rue.

Как нарочно, это был базарный день: из соседних деревень уже тянулись мужики с возами, и квартальный надзиратель Ловец самолично отправлялся на базар для наблюдения за порядком.

Едва завидела Арина Ивановна поспешающего Ловца, как у ней блеснула уже в голове счастливая мысль.

Она во весь дух побежала за ним, и едва успела поравняться, как сейчас же, с изумительною ловкостью, сунула потихоньку совесть в карман его пальто.

Ловец был малый не то чтоб совсем бесстыжий, но стеснять себя не любил и запускал лапу довольно свободно. Вид у него был не то чтоб наглый, а устремительный. Руки были не то чтоб слишком озорные, но охотно зацепляли все, что попадалось по дороге. Словом сказать, был лихоимец порядочный.

И вдруг этого самого человека начало коробить.

Пришел он на базарную площадь, и кажется ему, что все, что там ни наставлено, и на возах, и на рундуках, и в лавках, — все это не его, а чужое. Никогда прежде этого с ним не бывало.

Протер он себе бесстыжие глаза и думает:

«Не очумел ли я, не во сне ли все это мне представляется?»

C'était justement jour de marché. Déjà des campagnes voisines arrivaient, les unes derrière les autres, les charrettes des paysans, et l'inspecteur de police Lovets se rendait en personne, d'un pas pressé, à la place du Marché pour veiller à ce que tout se passât dans l'ordre voulu.

À la vue de Lovets, Arina Ivanovna conçut un projet qui lui parut excellent.

Elle courut à perte d'haleine après lui, et, aussitôt qu'elle l'eut rattrapé, elle lui glissa la conscience dans la poche de son paletot avec une étonnante habileté, sans qu'il s'en doutât.

Lovets n'était pas absolument un coquin sans vergogne, mais il était sans gêne et il pratiquait assez librement de petites malversations. Il n'avait pas un air insolent, mais il était doué d'un regard inquisiteur à l'excès. Ses mains n'avaient pas trempé dans de trop grosses vilenies, mais elles happaient volontiers tout ce qui s'offrait aisément à leur portée. En un mot, c'était un concussionnaire très convenable.

Or voilà que tout à coup cet homme-là lui-même commença à venir à résipiscence.

Arrivé sur la place du Marché, il lui sembla que toutes ces marchandises dans les charrettes, aux étalages et dans les boutiques, ne lui appartenaient pas, que tout cela était le bien d'autrui. Jamais il n'avait encore éprouvé pareille sensation.

Il se frotta les yeux en se disant :

« Est-ce que je suis malade ? Tout ceci est sans doute un songe. »

Подошел к одному возу, хочет запустить лапу, ан лапа не поднимается; подошел к другому возу, хочет мужика за бороду вытрясти — о, ужас! длани не простираются!

Испугался.

«Что это со мной нынче сделалось? — думает Ловец, — ведь этаким манером, пожалуй, и напредки все дело себе испорчу! Уж не воротиться ли, за добра ума, домой?»

Однако понадеялся, что, может быть, и пройдет. Стал погуливать по базару; смотрит, лежит всякая живность, разостланы всякие материи, и все это как будто говорит:

«Вот и близок локоть, да не укусишь!»

А мужики между тем осмелились: видя, что человек очумел, глазами на свое добро хлопает, стали шутки шутить, стали Ловца Фофаном Фофанычем звать.

— Нет, это со мною болезнь какая-нибудь! — решил Ловец и так-таки без кульков, с пустыми руками, и отправился домой.

Il s'approcha d'une charrette avec l'intention d'y promener ses mains, mais ses bras restèrent immobiles le long de son corps. Il s'approcha d'une autre charrette avec l'intention de secouer un moujik par la barbe, mais, ô terreur ! les paumes de ses mains restèrent fermées.

Il prit peur et se dit :

« Qu'est-ce qui vient donc de m'arriver ? Hé mais, je suis en train de gâter mon métier pour toujours ! Ne vaut-il pas mieux rentrer chez moi pour voir si je n'y ai pas laissé tout mon bon sens ? »

Espérant toutefois que son mal finirait par se passer, il se promena au milieu du marché en regardant çà et là. Il y avait une foule d'objets variés et surtout beaucoup de volaille, et tout cela semblait lui dire :

« Il n'y a pas qu'à se baisser pour prendre. Il y a loin de la coupe aux lèvres. »

Cependant les paysans, voyant que notre homme n'était pas dans son assiette naturelle et qu'il se bornait à clignoter des yeux vers leurs marchandises, devinrent plus hardis. Ils osèrent le plaisanter et ils l'appelèrent Nigaud Nigaudovitch, fils de nigaud.

« Non, j'ai quelque maladie inconnue, » se dit Lovets, et il rentra chez lui les mains vides.

Возвращается он домой, а Ловчиха-жена уж ждет, думает: «Сколько-то мне супруг мой любезный нынче кульков принесет?» И вдруг — ни одного. Так и закипело в ней сердце, так и накинулась она на Ловца.

— Куда кульки девал? — спрашивает она его.

— Перед лицом моей совести свидетельствуюсь... — начал было Ловец.

— Где у тебя кульки, тебя спрашивают?

— Перед лицом моей совести свидетельствуюсь... — вновь повторил Ловец.

— Ну, так и обедай своею совестью до будущего базара, а у меня для тебя нет обеда! — решила Ловчиха.

Понурил Ловец голову, потому что знал, что Ловчихино слово твердое.

Снял он с себя пальто — и вдруг словно преобразился совсем! Так как совесть осталась, вместе с пальто, на стенке, то сделалось ему опять и легко, и свободно, и стало опять казаться, что на свете нет ничего чужого, а всё его. И почувствовал он вновь в себе способность глотать и загребать.

— Ну, теперь вы у меня не отвертитесь, дружки! — сказал Ловец, потирая руки, и стал поспешно надевать на себя пальто, чтоб на всех парусах лететь на базар.

Madame son épouse l'attendait en supputant le nombre de sacs en écorce de tilleul qu'il pourrait rapporter, car d'ordinaire il en était tout chargé et c'était là dedans qu'il mettait ses prises. Or le voilà qui revenait sans un seul sac. Aussitôt la moutarde monta au nez de Mme Lovets, et, s'élançant au-devant de son mari, elle lui dit :

« Où sont les sacs ?

— J'en atteste ma conscience… fit Lovets.

— On te demande où sont les sacs.

— J'en atteste ma conscience… répéta Lovets.

— Eh bien, que ta conscience te procure de la nourriture jusqu'au prochain jour de marché. Quant à moi, je n'ai rien à te donner à dîner, » déclara la Lovets.

Lovets baissa la tête, car il savait que les paroles de son épouse étaient sans réplique.

Il ôta son paletot. Immédiatement une transformation s'opéra en lui. La conscience étant restée dans la poche du paletot accroché au mur, Lovets se sentit tout à coup allégé et libre comme autrefois. Il lui sembla de nouveau qu'en ce monde rien n'appartenait à autrui, et que tout était son bien. L'aptitude à tout s'approprier et à tout dévorer renaissait en lui.

« Hé, hé, maintenant vous ne m'échapperez pas, mes bons amis ! » s'écria-t-il en se frottant les mains, et il endossa promptement son paletot afin de retourner en toute hâte au marché.

Но, о чудо! едва успел он надеть пальто, как опять начал корячиться. Просто как будто два человека в нем сделалось: один, без пальто, — бесстыжий, загребистый и лапистый; другой, в пальто, — застенчивый и робкий.

Однако хоть и видит, что не успел за ворота выйти, как уж присмирел, но от намерения своего идти на базар не отказался.

«Авось-либо, думает, превозмогу».

Но чем ближе он подходил к базару, тем сильнее билось его сердце, тем неотступнее сказывалась в нем потребность примириться со всем этим средним и малым людом, который из-за гроша целый день бьется на дождю да на слякоти. Уж не до того ему, чтоб на чужие кульки засматриваться; свой собственный кошелек, который был у него в кармане, сделался ему в тягость, как будто он вдруг из достоверных источников узнал, что в этом кошельке лежат не его, а чьи-то чужие деньги.

— Вот тебе, дружок, пятнадцать копеек! — говорит он, подходя к какому-то мужику и подавая ему монету.

— Это за что же, Фофан Фофаныч?

— А за мою прежнюю обиду, друг! прости меня, Христа ради!

— Ну, бог тебя простит!

Mais, ô miracle ! à peine avait-il achevé de mettre ce vêtement que son élan s'arrêta net. Il s'était formé en lui comme deux hommes, l'un, sans paletot, impudent et dépourvu de délicatesse, l'autre, avec paletot, timide et modeste.

Bien qu'il se sentît animé des sentiments les plus bienveillants, il n'abandonna pas son projet de retourner au marché.

« Peut-être, pensait-il, parviendrai-je à surmonter mon mal. »

Mais plus il approchait du marché, plus son cœur battait et plus il éprouvait le besoin de témoigner quelque amitié à tout ce pauvre monde qui travaillait sans relâche du matin au soir dans la pluie et dans la boue pour gagner deux kopecks. Il ne songeait plus au bien d'autrui. Loin de là, sa bourse lui devenait à charge depuis qu'il se rendait compte qu'elle contenait non pas son argent, mais celui du prochain.

« Voici quinze kopecks, mon ami, dit-il à un paysan en lui donnant de l'argent.

— Pourquoi me donnes-tu cela, grand nigaud ?

— C'est comme dédommagement pour mes injustices d'autrefois. Pardonne-les-moi pour l'amour de Dieu.

— Eh ! que Dieu te pardonne ! »

Таким образом обошел он весь базар и роздал все деньги, какие у него были. Однако, сделавши это, хоть и почувствовал, что на сердце у него стало легко, но крепко призадумался.

— Нет, это со мною сегодня болезнь какая-нибудь приключилась, — опять сказал он сам себе, — пойду-ка я лучше домой, да кстати уж захвачу по дороге побольше нищих, да и накормлю их, чем бог послал!

Сказано — сделано: набрал он нищих видимо-невидимо и привел их к себе во двор. Ловчиха только руками развела, ждет, какую он еще дальше проказу сделает. Он же потихоньку прошел мимо нее и ласково таково сказал:

— Вот, Федосьюшка, те самые странние люди, которых ты просила меня привести: покорми их, ради Христа!

Но едва успел он повесить свое пальто на гвоздик, как ему и опять стало легко и свободно. Смотрит в окошко и видит, что на дворе у него нищая братия со всего городу сбита! Видит и не понимает: «Зачем? неужто всю эту уйму сечь предстоит?»

— Что за народ? — выбежал он на двор в исступлении.

— Ка́к что за народ? это всё странние люди, которых ты накормить велел! — огрызнулась Ловчиха.

Il parcourut ainsi tout le marché en distribuant tout son argent. La chose faite, il se sentit sans doute soulagé d'un grand poids ; néanmoins il devint extrêmement pensif.

« J'ai évidemment contracté quelque maladie, se dit-il de nouveau. Je ferais mieux de rentrer chez moi, et je profiterai de l'occasion pour recueillir tout le long de la route les pauvres que je rencontrerai, et je les nourrirai. »

Il fit comme il avait dit. Il ramassa, chemin faisant, un nombre infini de pauvres et les emmena dans sa cour. À cette vue, Mme Lovets leva les bras au ciel en se demandant quelle nouvelle extravagance allait avoir lieu. Lovets s'approcha doucement d'elle et lui dit d'une voix caressante :

« Voici justement, ma petite Théodosie, ces bonnes gens que je devais t'amener. Nourris-les pour l'amour de Dieu. »

Mais à peine eut-il eu le temps de suspendre son paletot au portemanteau qu'il se sentit de nouveau affranchi de toute entrave. Apercevant par la fenêtre tous les pauvres de la ville réunis dans sa cour, il ne comprit pas ce que cela voulait dire. Quel pouvait être le motif de cette réunion ? Est-ce qu'il lui allait falloir les bâtonner tous ?

« Qu'est-ce que c'est que tous ces gens-là ? demanda-t-il, en se dirigeant vers la cour.

— Comment, « tous ces gens-là » ? Ce sont ces dignes vagabonds que tu m'as donné l'ordre de nourrir, répliqua Mme Lovets d'un air maussade.

— Гнать их! в шею! вот так! — закричал он не своим голосом и, как сумасшедший, бросился опять в дом.

Долго ходил он взад и вперед по комнатам и все думал, что́ такое с ним сталось? Человек он был всегда исправный, относительно же исполнения служебного долга просто лев, и вдруг сделался тряпицею!

— Федосья Петровна! матушка! да свяжи ты меня, ради Христа! чувствую, что я сегодня таких дел наделаю, что после целым годом поправить нельзя будет! — взмолился он.

Видит и Ловчиха, что Ловцу ее круто пришлось. Раздела его, уложила в постель и напоила горяченьким. Только через четверть часа пошла она в переднюю и думает: «А посмотрю-ка я у него в пальто; может, еще и найдутся в карманах какие-нибудь грошики?» Обшарила один карман — нашла пустой кошелек; обшарила другой карман — нашла какую-то грязную, замасленную бумажку. Как развернула она эту бумажку — так и ахнула!

— Так вот он нынче на какие штуки пустился! — сказала она себе, — совесть в кармане завел!

И стала она придумывать, кому бы ей эту совесть сбыть, чтоб она того человека не в конец отяготила, а только маленько в беспокойство привела.

— Qu'on les chasse par les deux épaules ! » cria-t-il avec colère, et il s'élança dans la maison comme un fou.

Il parcourut longtemps les chambres en marchant en long et en large, répétant sans cesse : « Qu'est-ce qui peut bien m'être arrivé ? » Comment ! lui, l'homme ponctuel, féroce quand il s'agissait de l'accomplissement de ses devoirs professionnels, avait-il pu devenir tout à coup mou comme chiffe ?

« Théodosie Pétrovna, ma petite mère, qu'on me lie, au nom de Dieu ! Je sens qu'aujourd'hui je commets des sottises qu'on ne pourra pas réparer en tout un an, » dit-il d'un ton suppliant.

Mme Lovets reconnut que son mari était fort mal hypothéqué. Elle le déshabilla, le coucha et lui fit avaler des boissons chaudes. Au bout d'un quart d'heure, elle eut l'idée d'aller dans l'antichambre fouiller dans les poches du paletot pour voir s'il n'y était pas resté quelques kopecks. L'une contenait une bourse vide. Dans l'autre elle trouva un morceau de papier sale et huileux. Dès qu'elle eut déplié ce papier, elle s'écria en gémissant :

« Voilà donc les tours qu'il nous joue, le malheureux ! Il porte la conscience dans sa poche ! »

Elle se mit à réfléchir. Elle chercha dans sa pensée comment on pourrait se défaire de cette conscience et à qui l'on pourrait la repasser. Il s'agissait pour elle de ne pas écraser sous le coup celui qu'elle choisirait pour victime, mais seulement de lui causer quelque dérangement sans conséquences.

И придумала, что самое лучшее ей место будет у отставного откупщика, а ныне финансиста и железнодорожного изобретателя, еврея Шмуля Давидовича Бржоцского.

— У этого, по крайности, шея толста! — решила она, — может быть, и побьется малое дело, а выдержит!

Решивши таким образом, она осторожно сунула совесть в штемпельный конверт, надписала на нем адрес Бржоцского и опустила в почтовый ящик.

— Ну, теперь можешь, друг мой, смело идти на базар, — сказала она мужу, воротившись домой.

Самуил Давыдыч Бржоцский сидел за обеденным столом, окруженный всем своим семейством. Подле него помещался десятилетний сын Рувим Самуилович и совершал в уме банкирские операции.

— А сто, папаса, если я этот золотой, который ты мне подарил, буду отдавать в рост по двадцати процентов в месяц, сколько у меня к концу года денег будет? — спрашивал он.

— А какой процент: простой или слозный? — спросил, в свою очередь, Самуил Давыдыч.

— Разумеется, папаса, слозный!

— Если слозный и с усецением дробей, то будет сорок пять рублей и семьдесят девять копеек!

— Так я, папаса, отдам!

Après examen, elle trouva que le mieux serait de loger la conscience chez le financier juif Brjotski, le fondateur des grandes affaires, le créateur d'innombrables actions de chemins de fer.

« Celui-là, au moins, a le cou solide, se dit-elle, il sera en état de supporter cela. »

Ayant pris cette décision, elle glissa prudemment la conscience dans une enveloppe timbrée, sur laquelle elle écrivit le nom et l'adresse de Brjotski, puis elle jeta l'enveloppe dans la boîte aux lettres.

« Maintenant, dit-elle à son mari en rentrant, tu peux hardiment aller au marché. »

Brjotski était assis à dîner entouré de toute sa famille. À côté de lui était placé l'un de ses fils, âgé de dix ans. L'enfant méditait des opérations de banque.

« Qu'arrivera-t-il, petit père, si je place à vingt pour cent par mois cet or que tu m'as donné ? Combien aurai-je à la fin de l'année ?

— À intérêt simple ou à intérêt composé ? demanda Brjotski.

— À intérêt composé, petit père, cela va de soi.

— À intérêt composé, cela fera quarante-cinq roubles et soixante-dix-neuf kopecks, en négligeant les fractions.

— Alors, petit père, je le placerai ainsi.

— Отдай, мой друг, только надо благонадезный залог брать!

С другой стороны сидел Иосель Самуилович, мальчик лет семи, и тоже решал в уме своем задачу: летело стадо гусей; далее помещался Соломон Самуилович, за ним Давыд Самуилович и соображали, сколько последний должен первому процентов за взятые заимообразно леденцы.

На другом конце стола сидела красивая супруга Самуила Давыдыча, Лия Соломоновна, и держала на руках крошечную Рифочку, которая инстинктивно тянулась к золотым браслетам, украшавшим руки матери.

Одним словом, Самуил Давыдыч был счастлив.

Он уже собирался кушать какой-то необыкновенный соус, украшенный чуть не страусовыми перьями и брюссельскими кружевами, как лакей подал ему на серебряном подносе письмо.

Едва взял Самуил Давыдыч в руки конверт, как заметался во все стороны, словно угорь на угольях.

— И сто зе это такое! и зацем мне эта вессь! — завопил он, трясясь всем телом.

Хотя никто из присутствующих ничего не понимал в этих криках, однако для всех стало ясно, что продолжение обеда невозможно.

— Place-le, mon ami, mais veille à ce que ce soit sur un nantissement de tout repos. »

De l'autre côté de la table se trouvait un autre fils de Brjotski, jeune garçon de sept ans, et lui aussi s'occupait à résoudre par un calcul de tête un problème d'arithmétique élémentaire. Plus loin siégeaient ses deux autres fils, et tous deux cherchaient combien d'intérêts le dernier devait au premier pour lui avoir emprunté du sucre candi.

En face de Brjotski, trônait sa belle épouse tenant dans ses bras sa petite fille nouveau-née qui se penchait instinctivement vers les bracelets d'or de sa mère.

En un mot, Brjotski était un homme heureux.

Il se disposait à goûter d'une sauce extraordinaire, tellement bonne qu'il eût volontiers fait parer la saucière de dentelles de prix et de plumes d'autruche, lorsque le domestique lui présenta une lettre sur un plateau d'argent.

À peine Brjotski eut-il pris l'enveloppe qu'il devint extrêmement agité. Il était comme une anguille sur le feu.

« Pourquoi m'envoie-t-on cet objet ? » cria-t-il en tremblant de tout son corps.

Personne ne comprit ce que cela signifiait, mais il devint évident pour tous qu'il était impossible d'achever le repas.

Я не стану описывать здесь мучения, которые претерпел Самуил Давыдыч в этот памятный для него день; скажу только одно: этот человек, с виду тщедушный и слабый, геройски вытерпел самые лютые истязания, но даже пятиалтынного возвратить не согласился.

— Это сто зе! это ницего! только ты крепце дерзи меня, Лия! — уговаривал он жену во время самых отчаянных пароксизмов, — и если я буду спрасивать скатулку — ни-ни! пусть луци умру!

Но так как нет на свете такого трудного положения, из которого был бы невозможен выход, то он найден был и в настоящем случае.

Самуил Давыдыч вспомнил, что он давно обещал сделать какое-нибудь пожертвование в некоторое благотворительное учреждение, состоявшее в заведовании одного знакомого ему генерала, но дело это почему-то изо дня в день все оттягивалось. И вот теперь случай прямо указывал на средство привести в исполнение это давнее намерение.

Задумано — сделано. Самуил Давыдыч осторожно распечатал присланный по почте конверт, вынул из него щипчиками посылку, переложил ее в другой конверт, запрятал туда еще сотенную ассигнацию, запечатал и отправился к знакомому генералу.

Je ne décrirai pas ici les tourments qu'endura Brjotski en cette journée mémorable. Je ne dirai qu'une chose : cet homme, d'apparence faible et débile, supporta en héros les plus terribles tortures, mais quant à se dessaisir de la moindre petite monnaie de quinze kopecks, jamais il n'y consentit.

« Cela n'est rien, disait-il à sa femme dans les moments de crise aiguë, mais tiens-moi solidement, et si, sous le coup de la souffrance, je te demande de m'apporter ma cassette, n'en fais rien, mon amie. Que je meure plutôt. »

Comme il n'y a pas de situation au monde, si difficile qu'elle soit, pour laquelle on ne puisse trouver une issue, il s'en trouva une aussi dans le cas actuel.

Brjotski se souvint fort à propos d'une ancienne promesse qu'il avait faite d'envoyer un don à un établissement de bienfaisance, dont un général de sa connaissance avait la haute administration. Il avait laissé passer le temps sans s'occuper de cette affaire, et maintenant les circonstances lui indiquaient le vrai moyen de remplir cette ancienne promesse.

Sans tarder, il décacheta avec précaution l'enveloppe qu'il avait reçue par la poste, en retira le contenu avec des pincettes, le remit dans une autre enveloppe en y joignant cent roubles en assignats, cacheta la nouvelle enveloppe et se rendit chez le susdit général.

— Зелаю, васе превосходительство, позертвование сделать! — сказал он, кладя на стол пакет перед обрадованным генералом.

— Что же-с! это похвально! — отвечал генерал, — я всегда это знал, что вы... как еврей... и по закону Давидову... Плясаше — играше... так, кажется?

Генерал запутался, ибо не знал наверное, точно ли Давид издавал законы, или кто другой.

— Тоцно так-с; только какие зе мы евреи, васе превосходительство! — заспешил Самуил Давыдыч, уже совсем облегченный, — только с виду мы евреи, а в дусе совсем-совсем русские!

— Благодарю! — сказал генерал, — об одном сожалею... как христианин... отчего бы вам, например?.. а?..

— Васе превосходительство... мы только с виду... поверьте нести, только с виду!

— Ну, ну, ну! Христос с вами!

Самуил Давыдыч полетел домой словно на крыльях. В этот же вечер он уже совсем позабыл о претерпенных им страданиях и выдумал такую диковинную операцию ко всеобщему уязвлению, что на другой день все так и ахнули, как узнали.

« Je désire, Excellence, contribuer à votre œuvre par une offrande, dit-il en plaçant son pli cacheté sur la table devant le général, dont la figure exprima la satisfaction.

— Voilà, Monsieur, un acte digne d'éloges, répondit celui-ci. En effet, vous autres… »

Ici Son Excellence s'embrouilla complètement.

« Parfaitement, Votre Excellence, parfaitement, s'empressa de dire Brjotski, tout heureux de se sentir allégé de ce qui le gênait. Soyez convaincu que nous autres, gens de finance, nous sommes animés par le plus pur patriotisme, et que nous sommes avant tout Russes.

— Merci, dit le général, merci… et… hom, hom, cependant…

— Oui, Excellence, avant tout Russes, Russes avant tout.

— Bien, bien ; bon, bon. Le Christ soit avec vous. »

Sur ce, Brjotski vola plutôt qu'il ne marcha par les rues pour rentrer chez lui. Le soir même il avait déjà tout à fait oublié les souffrances passées et il se retrouvait dans son assiette naturelle. Il se remit immédiatement aux affaires et passa la nuit à méditer de nouvelles et colossales opérations de banque.

И долго таким образом шаталась бедная, изгнанная совесть по белому свету, и перебывала она у многих тысяч людей. Но никто не хотел ее приютить, а всякий, напротив того, только о том думал, как бы отделаться от нее и хоть бы обманом, да сбыть с рук.

Наконец наскучило ей и самой, что негде ей, бедной, голову приклонить и должна она свой век проживать в чужих людях, да без пристанища. Вот и взмолилась она последнему своему содержателю, какому-то мещанинишке, который в проходном ряду пылью торговал и никак не мог от той торговли разжиться.

— За что вы меня тираните! — жаловалась бедная совесть, — за что вы мной, словно отымалкой какой, помыкаете?

— Что́ же я с тобою буду делать, сударыня совесть, коли ты никому не нужна? — спросил, в свою очередь, мещанинишка.

— А вот что, — отвечала совесть, — отыщи ты мне маленькое русское дитя, раствори ты передо мной его сердце чистое и схорони меня в нем! авось он меня, неповинный младенец, приютит и выхолит, авось он меня в меру возраста своего произведет, да и в люди потом со мной выйдет — не погнушается.

La pauvre conscience vécut longtemps ainsi errante et passa par les mains de milliers de gens. Personne n'en voulait ; c'était à qui la repasserait au voisin, n'importe à quel prix, même par ruse et par fraude.

Elle s'ennuya à la fin, la malheureuse, de ne pouvoir se reposer nulle part et de mener une vie de Juif errant. Alors, s'adressant à son dernier possesseur, certain petit bourgeois dont les affaires ne prospéraient point :

« Pourquoi me martyrises-tu ? lui dit-elle d'un ton plaintif. Pourquoi me foules-tu aux pieds ?

— Hé, que veux-tu qu'on fasse de toi, conscience, ma mie ? dit à son tour le petit bourgeois. Tu n'es propre à rien.

— Voici ce que je te propose, répliqua la conscience. Cherche-moi un petit enfant russe, un petit Russe nouveau-né, et loge-moi dans son cœur pur. Peut-être cet innocent m'accueillera-t-il et serai-je choyée par lui ; peut-être, en grandissant, s'attachera-t-il à moi et m'emmènera-t-il avec lui dans le monde ; peut-être ne me haïra-t-il pas.

По этому ее слову все так и сделалось. Отыскал мещанинишка маленькое русское дитя, растворил его сердце чистое и схоронил в нем совесть.

Растет маленькое дитя, а вместе с ним растет в нем и совесть. И будет маленькое дитя большим человеком, и будет в нем большая совесть.

И исчезнут тогда все неправды, коварства и насилия, потому что совесть будет не робкая и захочет распоряжаться всем сама.

Le petit bourgeois consentit à ce qu'elle demandait. Il chercha et trouva un petit enfant russe ; il lui ouvrit le cœur et introduisit la conscience dans ce cœur pur.

Le petit enfant grandira et la conscience grandira avec lui. Ce sera un jour un grand homme avec une grande conscience.

Ce jour-là, les iniquités, les fraudes et les violences disparaîtront, parce que la conscience, enhardie, parlera en souveraine.

Дикий помещик[1]

В некотором царстве, в некотором государстве жил-был помещик, жил и на свет глядючи радовался.

Всего у него было довольно: и крестьян, и хлеба, и скота, и земли, и садов.

И был тот помещик глупый, читал газету «Весть» и тело имел мягкое, белое и рассыпчатое.

Только и взмолился однажды богу этот помещик:

— Господи! всем я от тебя доволен, всем награжден! Одно только сердцу моему непереносно: очень уж много развелось в нашем царстве мужика!

---

1. Дикий помещик.

Le pomèchtchik¹ sauvage

Il y avait une fois un empire. Dans cet empire il y avait un pomèchtchik². Or ce pomèchtchik se sentait heureux de vivre.

Il avait tout à souhait : des paysans, du blé, du bétail, des terres, des jardins.

C'était d'ailleurs un être stupide, dont toute la nourriture intellectuelle consistait dans la lecture du *Moniteur des intérêts pomèchtchikaux*. Quant à sa constitution naturelle, il avait une complexion lymphatique et la peau blanche.

Un jour il se mit à implorer la bonté divine :

« Seigneur, s'écria-t-il, vous m'avez donné tout en abondance, vous m'avez comblé de bienfaits ! Cependant vous avez permis que mon cœur fût attristé par une affliction que je ne suis pas en état de supporter : mon pays est infesté de moujiks. Seigneur, délivrez-moi de cette plaie ! »

---

1. Pomèchtchik signifie littéralement « propriétaire d'un domaine ». Autrefois, jusque vers l'époque de l'émancipation des serfs, on ne comptait que des nobles parmi les pomèchtchiks. Aujourd'hui il existe des bourgeois propriétaires de domaines. Néanmoins « gentilhomme campagnard » est le terme français qui répond peut-être le mieux à l'idée russe. Cependant on ne dit point « Monsieur le gentilhomme campagnard », tandis qu'en russe on dit « Monsieur le pomèchtchik ». On a trouvé plus simple de conserver le mot russe. Les exemples des mots « boyard, lord », etc., empruntés aux langues étrangères peuvent excuser cette liberté du traducteur.

Но бог знал, что помещик тот глупый, и прошению его не внял.

Видит помещик, что мужика с каждым днем не убывает, а все прибывает, — видит и опасается: «А ну, как он у меня все добро приест?»

Заглянет помещик в газету «Весть», ка́к в сем случае поступать должно, и прочитает: «Старайся!»

— Одно только слово написано, — молвит глупый помещик, — а золотое это слово!

И начал он стараться, и не то чтоб как-нибудь, а все по правилу.

Курица ли крестьянская в господские овсы забредет — сейчас ее, по правилу, в суп; дровец ли крестьянин нарубить по секрету в господском лесу соберется — сейчас эти самые дрова на господский двор, а с порубщика, по правилу, штраф.

— Больше я нынче этими штрафами на них действую! — говорит помещик соседям своим, — потому что для них это понятнее.

Видят мужики: хоть и глупый у них помещик, а разум ему дан большой.

Dieu, dans son omniscience, n'ignorait pas que ce pomèchtchik était stupide. Aussi n'exauça-t-il pas sa prière.

Notre pomèchtchik vit que la race du moujik, bien loin de diminuer, ne faisait que s'accroître chaque jour de plus en plus. Il le vit et n'eut plus qu'une crainte, c'est que le moujik ne dévorât tout son bien.

Dans son angoisse il parcourut le *Moniteur des intérêts pomèchtchikaux* pour voir s'il n'y trouverait pas quelque indication sur ce qu'il convenait de faire en pareille occurrence. Il y trouva ces mots : « De l'action ! et encore de l'action ! »

« Ce n'est qu'une parole, se dit le stupide pomèchtchik, mais elle est d'or. »

Et il commença aussitôt à agir, non pas au hasard, non pas selon son caprice, mais dans toutes les formes requises.

Qu'une poule appartenant à un moujik vînt s'amuser à picoter l'avoine pomèchtchikale, immédiatement il vous la faisait happer dans les formes et l'on mettait la poule au pot. Qu'un moujik coupât en cachette du bois dans la forêt pomèchtchikale et s'apprêtât à l'enlever, aussitôt ledit bois coupé était transporté dans la maison seigneuriale, et ledit moujik était mis à l'amende, toujours dans les formes.

« Désormais, dit le pomèchtchik, j'aurai recours aux amendes ; c'est plus intelligible pour les moujiks. »

Ceux-ci reconnurent en effet que leur pomèchtchik était un homme malin malgré sa stupidité.

Сократил он их так, что некуда носа высунуть: куда ни глянут — всё нельзя, да не позволено, да не ваше!

Скотинка на водопой выйдет — помещик кричит: «Моя вода!» курица за околицу выбредет — помещик кричит: «Моя земля!»

И земля, и вода, и воздух — все его стало! Лучины не стало мужику в светец зажечь, прута не стало, чем избу вымести.

Вот и взмолились крестьяне всем миром к господу богу:

— Господи! легче нам пропа́сть и с детьми с малыми, нежели всю жизнь так маяться!

Услышал милостивый бог слезную молитву сиротскую, и не стало мужика на всем пространстве владений глупого помещика.

Куда девался мужик — никто того не заметил, а только видели люди, как вдруг поднялся мякинный вихрь и, словно туча черная, пронеслись в воздухе посконные мужицкие портки.

Il les traqua si bien qu'ils ne purent plus toucher à rien. Ils ne pouvaient bouger sans se heurter à une défense : défense par-ci, défense par-là, défense partout.

Le bétail allait-il à l'abreuvoir, le pomèchtchik de crier : « C'est mon eau ! » Quelque volaille échappée de la basse-cour venait-elle se promener aux environs de sa demeure, le pomèchtchik de s'écrier : « C'est ma terre ! »

La terre, l'eau, l'air, tout était devenu sa propriété. Il ne restait plus au moujik ni un copeau pour éclairer sa chaumière, ni la moindre petite branche d'arbre pour la balayer.

Alors il arriva ceci : les moujiks, réduits au désespoir, se prosternèrent et adressèrent une prière à Dieu :

« Seigneur ! dirent-ils, plutôt que de nous laisser endurer toute notre vie d'aussi grandes souffrances, fais que nous disparaissions avec nos enfants et nos petits-enfants. »

Dieu, dans sa miséricorde, fut touché par leur désespoir et leurs larmes. Il exauça leur prière, et il n'y eut plus de moujiks dans toute l'étendue des domaines du stupide pomèchtchik.

Qu'étaient-ils devenus ? Personne ne le savait. On avait seulement vu s'élever tout à coup en l'air une sorte de tourbillon comparable à la balle qui vole dans la grange quand on bat le blé. Dans cette nuée noire, emportée rapidement, on avait cru distinguer de loin les vêtements de chanvre des moujiks.

Вышел помещик на балкон, потянул носом и чует: чистый-пречистый во всех его владениях воздух сделался. Натурально, остался доволен. Думает: «Теперь-то я понежу свое тело белое, тело белое, рыхлое, рассыпчатое!»

И начал он жить да поживать и стал думать, чем бы ему свою душу утешить.

«Заведу, думает, театр у себя! напишу к актеру Садовскому: приезжай, мол, любезный друг! и актерок с собой привози!»

Послушался его актер Садовский: сам приехал и актерок привез. Только видит, что в доме у помещика пусто и ставить театр и занавес поднимать некому.

— Куда же ты крестьян своих девал? — спрашивает Садовский у помещика.

— А вот бог, по молитве моей, все мои владения от мужика очистил!

— Однако, брат, глупый ты помещик! кто же тебе, глупому, умываться подает?

— Да я уж и то сколько дней немытый хожу!

Cependant le pomèchtchik, en prenant l'air sur son balcon, constata que l'atmosphère de ses domaines était devenue admirablement pure. Il en fut enchanté, et se dit : « À présent je m'en vais dorloter bien tranquillement ma précieuse personne. »

Il commença donc à vivre bien à son aise, et il songea aux moyens de charmer son âme en même temps qu'il reposait son corps.

« J'établirai un théâtre chez moi, se dit-il. J'écrirai à l'acteur Sadovski[1], et il écrivit : « Viens, je t'en prie, mon cher ami, et amène des actrices. »

L'acteur Sadovski accepta cette invitation. Il vint lui-même et amena des actrices ; mais, à peine arrivé, il s'aperçut que la demeure du pomèchtchik était déserte et qu'il n'y avait personne pour installer le théâtre, lever le rideau et faire la grosse besogne, car les moujiks qui faisaient le service dans la maison du pomèchtchik avaient disparu avec les autres moujiks.

« Où donc as-tu caché tes moujiks ? demanda Sadovski.

— Voici ce qui est arrivé : Dieu, à ma prière, a daigné débarrasser tous mes domaines de cette engeance.

— Mais, mon ami, tu es un imbécile. Qui t'apportera désormais ce qu'il faut pour se laver ?

— Mais je vis déjà depuis plusieurs jours sans m'être lavé.

---

1. Acteur célèbre à Moscou entre les années 1830 et 1850.

— Стало быть, шампиньоны на лице ро́стить собрался? — сказал Садовский, и с этим словом и сам уехал, и актерок увез.

Вспомнил помещик, что есть у него поблизости четыре генерала знакомых; думает:

«Что это я все гранпасьянс да гранпасьянс раскладываю! Попробую-ко я с генералами впятером пульку-другую сыграть!»

Сказано — сделано: написал приглашения, назначил день и отправил письма по адресу.

Генералы были хоть и настоящие, но голодные, а потому очень скоро приехали.

Приехали — и не могут надивиться, отчего такой у помещика чистый воздух стал.

— А оттого это, — хвастается помещик, — что бог, по молитве моей, все владения мои от мужика очистил!

— Ах, как это хорошо! — хвалят помещика генералы, — стало быть, теперь у вас этого холопьего запаху нисколько не будет?

— Нисколько, — отвечает помещик.

— Alors tu attends qu'il te pousse des champignons sur la figure ? » dit Sadovski, et, sur ce mot, il partit lui-même comme il était venu, non sans remmener ses actrices.

Notre pomèchtchik se souvint que parmi ses voisins de campagne se trouvaient quatre généraux avec lesquels il avait eu des relations de société.

« Je suis las de jouer tout seul aux cartes, se dit-il. J'ai assez fait la grande patience. Je vais tâcher de mettre en train une partie de préférence en compagnie des quatre généraux. »

Aussitôt dit, aussitôt fait. Il écrivit quatre invitations à date fixe et les expédia.

Les quatre généraux, bien que ce fussent de véritables généraux, n'en étaient pas moins des meurt-de-faim. Aussi bien accoururent-ils promptement.

Tout d'abord, ils ne purent se lasser d'admirer le degré de pureté auquel était parvenue l'atmosphère dans les domaines du pomèchtchik.

« Si l'atmosphère est aussi pure, dit le pomèchtchik en se rengorgeant, c'est que Dieu, à ma prière, a débarrassé mes domaines de tout moujik.

— Voilà qui est vraiment admirable, dirent les quatre généraux en le comblant de louanges. Ainsi à l'avenir chez vous l'odorat ne sera plus jamais blessé par l'odeur empestée que répand le moujik.

— Plus jamais, répondit le pomèchtchik. »

Сыграли пульку, сыграли другую; чувствуют генералы, что пришел их час водку пить, приходят в беспокойство, озираются.

— Должно быть, вам, господа генералы, закусить захотелось? — спрашивает помещик.

— Не худо бы, господин помещик!

Встал он из-за стола, подошел к шкапу и вынимает оттуда по леденцу да по печатному прянику на каждого человека.

— Что́ ж это такое? — спрашивают генералы, вытаращив на него глаза.

— А вот, закусите, чем бог послал!

— Да нам бы говядинки! говядинки бы нам!

— Ну, говядинки у меня про вас нет, господа генералы, потому что с тех пор, как меня бог от мужика избавил, и печка на кухне стоит нетоплена!

Рассердились на него генералы, так что даже зубы у них застучали.

— Да ведь жрешь же ты что-нибудь сам-то? — накинулись они на него.

Là-dessus, on se mit à la table de jeu. On fit une partie, puis la revanche. Les quatre généraux sentirent enfin que c'était l'heure à laquelle ils avaient accoutumé de boire de l'eau-de-vie. Ils commencèrent à s'agiter et à regarder à droite et à gauche.

« Sans doute il est heure de boire un petit coup et de manger un morceau, Messieurs les généraux ? demanda le pomèchtchik.

— Ce ne serait pas de refus, Monsieur le pomèchtchik. »

Notre amphitryon quitta la table de jeu, se dirigea vers l'armoire de la salle à manger et en rapporta un morceau de sucre candi et une nonnette de pain d'épice pour chaque général.

« Qu'est-ce que cela ? demandèrent les quatre généraux en ouvrant de grands yeux.

— C'est une légère collation. J'offre ce que j'ai.

— Mais il nous faudrait quelque viande rôtie !

— Mais je n'en ai pas à vous offrir, Messieurs les généraux, car, depuis que Dieu m'a fait la grâce de me délivrer des moujiks, on n'allume plus le feu dans ma cuisine. »

Les généraux entrèrent tellement en colère que leurs dents en claquèrent.

« Mais tu n'es pas sans manger toi-même quelque chose à tes repas ? lui objectèrent-ils avec vivacité.

— Сырьем кой-каким питаюсь, да вот пряники еще покуда есть…

— Однако, брат, глупый же ты помещик! — сказали генералы и, не докончив пульки, разбрелись по домам.

Видит помещик, что его уж в другой раз дураком честствуют, и хотел было уж задуматься, но так как в это время на глаза попалась колода карт, то махнул на все рукою и начал раскладывать гранпасьянс.

— Посмотрим, — говорит, — господа либералы, кто кого одолеет! Докажу я вам, что́ может сделать истинная твердость души!

Раскладывает он «дамский каприз» и думает: «Ежели сряду три раза выйдет, стало быть, надо не взирать».

И как назло, сколько раз ни разложит — все у него выходит, все выходит! Не осталось в нем даже сомнения никакого.

— Уж если, — говорит, — сама фортуна указывает, стало быть, надо оставаться твердым до конца. А теперь, покуда, довольно гранпасьянс раскладывать, пойду, позаймусь!

— Je me nourris du premier morceau cru qui me tombe sous la main. Goûtez donc de ces nonnettes.

— Mais, l'ami, tu n'es qu'un imbécile, » dirent les généraux et, sans vouloir jouer davantage aux cartes, ils rentrèrent chacun chez soi.

Voilà notre pomèchtchik traité d'imbécile pour la seconde fois. Cela faillit lui donner à réfléchir ; mais au même moment le jeu de cartes lui tomba sous les yeux. Il le prit machinalement, recommença sa patience accoutumée, et, entamant à lui seul une discussion politique avec des adversaires imaginaires :

« Nous verrons, messieurs les libéraux, qui l'emportera ! s'écria-t-il. Je vous montrerai jusqu'où peut aller la véritable force de caractère. »

Cependant il continuait à étaler les cartes et il commença la patience nommée « le caprice des dames » en se disant que, s'il la réussissait trois fois de suite, cela signifierait qu'il devait tenir ferme.

Comme si la fortune agissait à dessein, trois fois « le caprice des dames » réussit. Il n'eut plus de doute.

« Puisque le sort lui-même l'ordonne, se dit-il, il faut persister dans cette voie. En attendant, c'est assez de jeu de patience. Remuons un peu ; cherchons à nous occuper. »

И вот ходит он, ходит по комнатам, потом сядет и посидит. И все думает. Думает, какие он машины из Англии выпишет, чтоб все па́ром да па́ром, а холопского духу чтоб нисколько не было. Думает, какой он плодовый сад разведет: «Вот тут будут груши, сливы; вот тут — персики, тут — грецкий орех!»

Посмотрит в окошко — ан там все, как он задумал, все точно так уж и есть!

Ломятся, по щучьему велению, под грузом плодов деревья грушевые, персиковые, абрикосовые, а он только знай фрукты машинами собирает да в рот кладет!

Думает, каких он коров разведет, что ни кожи, ни мяса, а все одно молоко, все молоко!

Думает, какой он клубники насадит, все двойной да тройной, по пяти ягод на фунт, и сколько он этой клубники в Москве продаст.

Наконец устанет думать, пойдет к зеркалу посмотреться — ан там уж пыли на вершок насело…

Il se mit à marcher à travers les chambres ; puis, après avoir circulé pendant quelque temps, il s'assit et demeura ensuite assis. Il ne cessait de réfléchir. Il pensait aux machines qu'il voulait faire venir d'Angleterre, afin que tout chez lui fût fait à la vapeur, et uniquement à la vapeur, de telle façon qu'on pût se passer complètement des bras du moujik, car il préférait encore l'odeur des machines à vapeur à l'odeur abhorrée que répandait le moujik. Il pensait au superbe jardin potager et fruitier qu'il se proposait d'établir. Que de poires, de prunes, de pêches, de noix, il comptait récolter !

Il regarda instinctivement par la fenêtre, et, ô miracle ! tout ce qu'il avait imaginé se trouvait déjà transformé en réalité.

Par la volonté d'un pouvoir magique, les poiriers, les pêchers, les abricotiers, rompaient presque sous le poids d'innombrables fruits. On n'avait qu'à se donner la peine de les récolter au moyen des machines anglaises et de les mettre ensuite dans sa bouche.

Il pensait encore aux vaches qu'il comptait élever. Quelles vaches ! Ni peau ni viande ! Rien que du lait ! Des rivières de lait !

Il pensait aux fraises merveilleuses qu'il comptait planter, toutes doubles et triples ! Des fraises de poids ! Rien que cinq fraises à la livre. Il songeait à la grande quantité de ces fraises qu'il vendrait à Moscou.

Enfin, las de penser, il voulut se regarder dans la glace, mais une épaisse couche de poussière la couvrait déjà.

— Сенька! — крикнет он вдруг, забывшись, но потом спохватится и скажет, — ну, пускай себе до поры, до времени так постоит! а уж докажу же я этим либералам, что́ может сделать твердость души!

Промаячит таким манером, покуда стемнеет, — и спать!

А во сне сны еще веселее, нежели наяву, снятся. Снится ему, что сам губернатор о такой его помещичьей непреклонности узнал и спрашивает у исправника: «Какой такой твердый курицын сын у вас в уезде завелся?»

Потом снится, что его за эту самую непреклонность министром сделали, и ходит он в лентах, и пишет циркуляры: «Быть твердым и не взирать!»

Потом снится, что он ходит по берегам Евфрата и Тигра…

— Ева, мой друг! — говорит он.

Но вот и сны все пересмотрел: надо вставать.

— Сенька! — опять кричит он, забывшись, но вдруг вспомнит… и поникнет головою.

« Sennka ! s'écria-t-il oubliant qu'il n'y avait plus personne à son service, mais aussitôt il se reprit et dit :

— Tenons ferme jusqu'au bout. Je ferai bien voir à tous ces libéraux ce dont est capable une âme forte. »

Il passa ainsi son temps à faire des riens jusqu'à la tombée de la nuit, puis il se coucha.

Il eut en dormant des rêves encore bien plus agréables que ceux qu'il faisait éveillé. Il rêva que le gouverneur de la province en propre personne, ayant eu connaissance de son immutabilité pomèchtchikale, avait demandé à l'ispravnik, chef de la police du district : « Quel est donc cet homme de tête qui fait si grande figure dans votre district ? »

Il rêva ensuite qu'en récompense de cette même immutabilité, il avait été choisi comme ministre par le souverain, qu'il avait la poitrine chamarrée de décorations et qu'il écrivait des circulaires ainsi conçues : « De la fermeté ! Pas de concessions ! »

Ensuite il rêva qu'il se promenait le long des rives du Tigre et de l'Euphrate.

« Ève, ma chère amie, » disait-il…

Mais, adieu les rêves. Voici le matin et le réveil.

« Sennka ! » s'écria-t-il de nouveau sans réflexion. Mais le souvenir de la réalité lui revint aussitôt, et, pendant un instant, il baissa la tête.

— Чем бы, однако, заняться? — спрашивает он себя, — хоть бы лешего какого-нибудь нелегкая принесла!

И вот по этому его слову вдруг приезжает сам капитан-исправник.

Обрадовался ему глупый помещик несказанно; побежал в шкап, вынул два печатных пряника и думает:

«Ну, этот, кажется, останется доволен!»

— Скажите, пожалуйста, господин помещик, каким это чудом все ваши временнообязанные вдруг исчезли? — спрашивает исправник.

— А вот так и так, бог, по молитве моей, все владения мои от мужика совершенно очистил!

— Так-с; а не известно ли вам, господин помещик, кто подати за них платить будет?

— Подати?.. это они! это они сами! это их священнейший долг и обязанность!

— Так-с; а каким манером эту подать с них взыскать можно, коли они, по вашей молитве, по лицу земли рассеяны?

— Уж это... не знаю... я, с своей стороны, платить не согласен!

« À quoi pourrais-je cependant m'occuper ? se demanda-t-il. Si le diable voulait seulement m'envoyer quelque loup-garou ! Cela vaudrait mieux que rien. »

À peine eut-il prononcé ces paroles qu'arriva l'ispravnik en chef.

Le stupide pomèchtchik éprouva une joie indicible en le voyant. Il courut à l'armoire et y prit deux nonnettes en se disant :

« Au moins, ce brave homme-là ne fera pas le difficile.

— Veuillez m'expliquer, Monsieur le pomèchtchik, dit l'ispravnik, par quel miracle vos moujiks ont subitement disparu ?

— Voici ce qui est arrivé : Dieu, exauçant la prière que je lui ai adressée, a bien voulu nettoyer complètement mes domaines de tout moujik.

— Fort bien, Monsieur le pomèchtchik, mais qui payera dorénavant leurs impôts ?

— Leurs impôts ?... mais eux... mais eux-mêmes. C'est leur devoir le plus saint ; c'est leur obligation la plus sacrée.

— Fort bien ; mais par quel moyen recouvrer l'impôt chez eux, alors que, du fait de votre prière, ils ont tous disparu ?

— Mais... je ne sais pas... Quant à moi, je ne peux pas payer pour eux.

— А известно ли вам, господин помещик, что казначейство без податей и повинностей, а тем паче без винной и соляной регалий, существовать не может?

— Я что ж… я готов! рюмку водки… я заплачу!

— Да вы знаете ли, что, по милости вашей, у нас на базаре ни куска мяса, ни фунта хлеба купить нельзя? знаете ли вы, чем это пахнет?

— Помилуйте! я, с своей стороны, готов пожертвовать! вот целых два пряника!

— Глупый же вы, господин помещик! — молвил исправник, повернулся и уехал, не взглянув даже на печатные пряники.

Задумался на этот раз помещик не на шутку. Вот уж третий человек его дураком чествует, третий человек посмотрит-посмотрит на него, плюнет и отойдет.

Неужто он в самом деле дурак? неужто та непреклонность, которую он так лелеял в душе своей, в переводе на обыкновенный язык означает только глупость и безумие? и неужто, вследствие одной его непреклонности, остановились и подати, и регалии, и не стало возможности достать на базаре ни фунта муки, ни куска мяса?

— Mais savez-vous, Monsieur le pomèchtchik, que la trésorerie générale ne peut pas exister sans impôts et contributions, et particulièrement sans les droits sur le vin et le sel ?

— Eh bien, je consens... Je suis prêt à payer un petit verre d'eau-de-vie.

— Et savez-vous que, par votre faute, on ne trouve plus à acheter sur notre marché ni un morceau de viande ni une livre de pain ? Savez-vous ce que cela va vous attirer ?

— Permettez ! Je suis prêt, en ce qui me concerne, à faire un sacrifice. Voici deux nonnettes tout entières.

— Vous êtes un imbécile, Monsieur le pomèchtchik, » dit l'ispravnik, et il lui tourna le dos et s'en alla sans même jeter un coup d'œil sur les nonnettes.

Cette fois, le pomèchtchik se mit à réfléchir sérieusement. Voilà déjà la troisième fois que quelqu'un le traitait d'imbécile, la troisième fois qu'après être venu chez lui on lui marquait du mépris et l'on s'en allait.

En vérité, était-il possible qu'il fût un imbécile ? Était-il possible que cette immutabilité dont il était si fier s'appelât, de son vrai nom, stupidité et imbécillité ? Était-il possible qu'il eût suffi de cette immutabilité pour que les impôts et contributions cessassent d'être payés et pour que le marché cessât d'être pourvu de la moindre livre de farine et du moindre morceau de viande ?

И как был он помещик глупый, то сначала даже фыркнул от удовольствия при мысли, какую он штуку сыграл, но потом вспомнил слова исправника: «А знаете ли, чем это пахнет?» — и струсил не на шутку.

Стал он, по обыкновению, ходить взад да вперед по комнатам и всё думает: «Чем же это пахнет? уж не пахнет ли водворением каким? например, Чебоксарами? или, быть может, Варнавиным? Хоть бы в Чебоксары, что ли! по крайней мере, убедился бы мир, что значит твердость души! — говорит помещик, а сам по секрету от себя уж думает: «В Чебоксарах-то, я, может быть, мужика бы моего милого увидал!»

Походит помещик, и посидит, и опять походит. К чему ни подойдет, все, кажется, так и говорит: «А глупый ты, господин помещик!»

Видит он, бежит чрез комнату мышонок и крадется к картам, которыми он гранпасьянс делал и достаточно уже замаслил, чтоб возбудить ими мышиный аппетит.

— Кшш… — бросился он на мышонка.

Но мышонок был умный и понимал, что помещик без Сеньки никакого вреда ему сделать не может. Он только хвостом вильнул в ответ на грозное восклицание помещика и чрез мгновение уже выглядывал на него из-под дивана, как будто говоря:

Or, comme notre pomèchtchik était stupide, pendant un moment il fut ravi de joie en songeant à la bonne farce qu'il avait faite ; mais il se souvint aussitôt des paroles de l'ispravnik : « Savez-vous ce que cela va vous attirer ? » et il n'eut plus envie de rire du tout.

Selon son habitude, il se mit à marcher en long et en large dans son appartement, et il se disait tout le temps : « Qu'est-ce que cela va m'attirer ? Ne serait-ce pas quelque internement, par exemple à Tcheboksari ou à Varnavine ? Quand même ce serait à Tcheboksari, eh bien, le monde verrait au moins ce qu'est la vraie force de caractère. » Mais, au fond de son cœur, il se disait tout bas : « Qui sait ? À Tcheboksari j'aurais peut-être le bonheur de revoir mes moujiks bien-aimés. »

Il allait et venait, puis s'asseyait, puis marchait de nouveau. De quelque objet qu'il s'approchât, tout semblait lui dire : « Vous êtes un imbécile, Monsieur le pomèchtchik. »

Il vit courir à travers la chambre une petite souris qui se dirigeait à la dérobée vers les cartes dont il se servait pour les patiences. En effet, ces cartes étaient suffisamment grasses pour exciter l'appétit des souris.

Il marcha vers la petite souris en faisant un grand bruit pour l'effrayer, mais la petite souris était maligne et elle comprit que, sans le secours de Sennka, il ne pouvait lui faire aucun mal. Elle se borna à frétiller de la queue en réponse à ses menaces, et même pendant un moment elle s'arrêta sous le canapé et regarda le pomèchtchik comme pour lui dire :

«Погоди, глупый помещик! то ли еще будет! я не только карты, а и халат твой съем, как ты его позамаслишь как следует!»

Много ли, мало ли времени прошло, только видит помещик, что в саду у него дорожки репейником поросли, в кустах змеи да гады всякие кишмя кишат, а в парке звери дикие воют.

Однажды к самой усадьбе подошел медведь, сел на корточках, поглядывает в окошки на помещика и облизывается.

— Сенька! — вскрикнул помещик, но вдруг спохватился… и заплакал.

Однако твердость души все еще не покидала его. Несколько раз он ослабевал, но как только почувствует, что сердце у него начнет растворяться, сейчас бросится к газете «Весть» и в одну минуту ожесточится опять.

— Нет, лучше совсем одичаю, лучше пусть буду с дикими зверьми по лесам скитаться, но да не скажет никто, что российский дворянин, князь Урус-Кучум-Кильдибаев, от принципов отступил!

И вот он одичал.

Хоть в это время наступила уже осень, и морозцы стояли порядочные, но он не чувствовал даже холода. Весь он, с головы до ног, оброс волосами, словно древний Исав, а ногти у него сделались, как железные.

« Attends un peu, pomèchtchik stupide, je ne me contenterai pas de manger tes cartes ; je mangerai encore ta robe de chambre quand tu l'auras graissée à point. »

Au bout d'un certain temps, le pomèchtchik vit croître les mauvaises herbes dans les allées de son jardin. Ensuite les serpents et reptiles de toute espèce fourmillèrent dans les buissons et les animaux sauvages se promenèrent dans le parc comme chez eux.

Même un jour un ours s'approcha de la maison seigneuriale, s'assit sur ses pattes de derrière et, tout en se léchant, se mit à considérer le pomèchtchik par la croisée.

« Sennka ! » cria le pomèchtchik ; mais, se rappelant la réalité, il se mit à verser des larmes.

Néanmoins sa grande fermeté de caractère ne l'abandonna pas encore. Plus d'une fois il fut sur le point de faiblir ; mais, dès qu'il sentait son cœur s'émouvoir, il se jetait sur le *Moniteur des intérêts pomèchtchikaux*, et aussitôt il redevenait de bronze.

« Non, s'écria-t-il, il vaut mieux que je devienne tout à fait sauvage ; il vaut mieux que j'erre à l'avenir dans la forêt en compagnie des bêtes fauves. Au moins personne ne pourra dire qu'un gentilhomme russe, que le prince Ourousskout-choum-Kildibaïeff s'est écarté des vrais principes ! »

Il devint donc tout à fait sauvage.

C'était vers le milieu de l'automne. Les gelées étaient fortes ; mais déjà le pomèchtchik ne sentait plus le froid, car tout son corps s'était couvert de poils. Tel Ésaü, selon l'Ancien Testament, était velu comme un manteau de poil.

Сморкаться уж он давно перестал, ходил же все больше на четвереньках и даже удивлялся, как он прежде не замечал, что такой способ прогулки есть самый приличный и самый удобный.

Утратил даже способность произносить членораздельные звуки и усвоил себе какой-то особенный победный клик, среднее между свистом, шипеньем и рявканьем.

Но хвоста еще не приобрел.

Выйдет он в свой парк, в котором он когда-то нежил свое тело рыхлое, белое, рассыпчатое, как кошка, в один миг, взлезет на самую вершину дерева и стережет оттуда. Прибежит, это, заяц, встанет на задние лапки и прислушивается, нет ли откуда опасности, — а он уж тут как тут. Словно стрела соскочит с дерева, вцепится в свою добычу, разорвет ее ногтями, да так со всеми внутренностями, даже со шкурой, и съест.

И сделался он силен ужасно, до того силен, что даже счел себя вправе войти в дружеские сношения с тем самым медведем, который некогда посматривал на него в окошко.

— Хочешь, Михайло Иваныч, походы вместе на зайцев будем делать? — сказал он медведю.

Ses ongles devinrent durs comme le fer. Depuis longtemps déjà il avait cessé de se moucher. Il prit de plus en plus l'habitude de marcher à quatre pattes, et il était étonné de ne pas avoir remarqué autrefois que cette façon de marcher est la plus commode et la plus séante.

Il perdit bientôt la faculté de prononcer des sons articulés et il s'appropria un certain cri aigu qui tenait du sifflement, du coassement et du rugissement.

En un mot il avait tout ce qui fait une bête accomplie, sauf la queue.

Il se dirigea vers son parc où jadis il promenait sa petite personne et sa peau blanche. Il grimpa comme un chat sur la cime d'un arbre et se mit à l'affût. Il vit quelque chose remuer. C'était un lièvre qui accourait. Le lièvre s'arrêta et se mit à écouter comme pour se rendre compte des bruits de la forêt. Il n'entendit rien qui fût signe de danger, mais au même moment le pomèchtchik fondit sur lui comme une flèche, le saisit, le déchira avec ses griffes et le mangea y compris les os et la peau.

En menant cette vie, le pomèchtchik devint extrêmement fort. Ce fut au point qu'il ne vit point d'inconvénient à nouer des relations d'amitié avec l'ours qui l'avait jadis considéré par la fenêtre.

« Si tu veux, Michel Ivanitch, dit-il à l'ours, nous courrons le lièvre ensemble.

— Хотеть — отчего не хотеть! — отвечал медведь, — только, брат, ты напрасно мужика этого уничтожил!

— А почему так?

— А потому, что мужика этого есть не в пример способнее было, нежели вашего брата дворянина. И потому скажу тебе прямо: глупый ты помещик, хоть мне и друг!

Между тем капитан-исправник хоть и покровительствовал помещикам, но в виду такого факта, как исчезновение с лица земли мужика, смолчать не посмел.

Встревожилось его донесением и губернское начальство, пишет к нему:

«А как вы думаете, кто теперь подати будет вносить? кто будет вино по кабакам пить? кто будет невинными занятиями заниматься?»

Отвечает капитан-исправник: казначейство-де теперь упразднить следует, а невинные-де занятия и сами собой упразднились, вместо же них распространились в уезде грабежи, разбой и убийства. На днях-де и его, исправника, какой-то медведь не медведь, человек не человек едва не задрал, в каковом человеко-медведе и подозревает он того самого глупого помещика, который всей смуте зачинщик.

— Je le veux bien, répondit l'ours d'un air disgracieux ; mais, frère, tu as eu tort de faire disparaître le moujik.

— Et pourquoi donc ?

— Parce qu'il est bien plus commode de manger du moujik que de croquer des gentilshommes. Aussi, je te le dis sans détour, tu n'es qu'un imbécile, bien que tu sois mon ami. »

Cependant l'ispravnik en chef, quoiqu'il fût le protecteur des pomèchtchiks, n'osa pas garder le silence vis-à-vis du gouvernement sur un fait aussi grave que la disparition complète des moujiks.

Il fit un rapport. L'autorité supérieure s'en émut. Elle répondit à ce rapport par les questions suivantes :

« Qui payera les impôts à l'avenir ? Qui boira le vin dans les cabarets ? Qui vaquera aux paisibles et utiles travaux des champs ? Dites-nous votre opinion à ce sujet. »

L'ispravnik en chef répondit qu'en ce qui concernait les impôts, les opérations du fisc étaient devenues sans objet ; qu'il conviendrait donc de supprimer la trésorerie générale. Quant aux travaux utiles, il n'en était plus question. Ils étaient remplacés par des pillages, des vols à main armée et des assassinats. Même quelques jours auparavant une espèce de bête sauvage, à moitié ours, à moitié homme, avait failli l'étrangler, lui l'ispravnik, et il soupçonnait véhémentement ledit homme-ours de n'être autre que ce même pomèchtchik stupide, auteur de tout le mal dont il s'agissait.

Обеспокоились начальники и собрали совет. Решили: мужика изловить и водворить, а глупому помещику, который всей смуте зачинщик, наиделикатнейше внушить, дабы он фанфаронства свои прекратил и поступлению в казначейство податей препятствия не чинил.

Как нарочно, в это время чрез губернский город летел отроившийся рой мужиков и осыпал всю базарную площадь. Сейчас эту благодать обрали, посадили в плетушку и послали в уезд.

И вдруг опять запахло в том уезде мякиной и овчинами; но в то же время на базаре появились и мука, и мясо, и живность всякая, а податей в один день поступило столько, что казначей, увидав такую груду денег, только всплеснул руками от удивления и вскрикнул:

— И откуда вы, шельмы, берете!!

«Что же сделалось, однако, с помещиком?» — спросят меня читатели.

Les hauts fonctionnaires du gouvernement s'inquiétèrent. On réunit le conseil, et voici quelles furent les décisions prises. D'une part, ordonner une battue générale pour ressaisir de vive force le moujik. D'autre part, s'adresser avec les plus grands égards, avec tous les ménagements imaginables, au pomèchtchik stupide, auteur de tout ce trouble, et tâcher de lui suggérer, avec la plus extrême délicatesse, le dessein de mettre un terme à ses extravagances et de ne plus créer d'obstacle à la rentrée des impôts dans le trésor.

Par une de ces rencontres fortuites qui arrivent tellement à propos qu'elles semblent amenées tout exprès par le destin, à peine l'autorité supérieure eut-elle pris ces décisions que l'on vit un essaim bourdonnant de moujiks voler à travers la ville et aller s'abattre sur la place du marché. On s'empressa de recueillir cette manne dans des paniers et on l'expédia dans le district privé de ce bienfait du ciel.

Tout à coup il se répandit dans toute cette région une odeur de mauvais pain et de peau de mouton ; mais en même temps la farine, la viande et toutes sortes de vivres reparurent sur le marché, et il rentra en un jour une telle quantité d'impôts que le receveur demeura saisi d'étonnement à la vue d'un si grand tas d'argent et s'écria en battant des mains :

« Où donc avez-vous pris tout cela, coquins ? »

« Que devint en attendant le pomèchtchik ? » me demanderont mes lecteurs.

На это я могу сказать, что хотя и с большим трудом, но и его изловили. Изловивши, сейчас же высморкали, вымыли и обстригли ногти.

Затем капитан-исправник сделал ему надлежащее внушение, отобрал газету «Весть» и, поручив его надзору Сеньки, уехал.

Он жив и доныне. Раскладывает гранпасьянс, тоскует по прежней своей жизни в лесах, умывается лишь по принуждению и по временам мычит.

Voici les nouvelles que j'en peux donner. On se saisit de lui non sans peine. Aussitôt qu'on l'eut pris, on le lava, on le moucha et on lui coupa les ongles. Ensuite, l'ispravnik en chef exécuta l'ordre qu'il avait reçu de lui insinuer délicatement la bonne pensée de se tenir coi.

L'ispravnik compléta son œuvre en confisquant le *Moniteur des intérêts pomèchtchikaux*. Après quoi, ayant confié le pomèchtchik à la surveillance de Sennka, il se retira.

Notre pomèchtchik est encore en vie. Il s'occupe, comme jadis, à faire des patiences. Il regrette toujours son existence d'autrefois dans les bois. Il ne se lave que forcé et contraint, et, de temps en temps, il pousse des cris de bête sauvage.

Конец

Fin

DANS LA MÊME ÉDITION BILINGUE + AUDIO INTÉGRÉ :

- ROUDINE (Ivan Tourgueniev)   *russe-français*
- NOUS AUTRES (Ievgueni Zamiatine)   *russe-français*
- AGNÈS GREY (Anne Brontë)   *anglais-français*
- WUTHERING HEIGHTS (Emily Brontë)   *anglais-français*
- LA RACE À VENIR (Edward Bulwer-Lytton)   *anglais-français*
- LE NOMMÉ JEUDI (G. K. Chesterton)   *anglais-français*
- L'HÔTEL HANTÉ (Wilkie Collins)   *anglais-français*
- GASPAR RUIZ (Joseph Conrad)   *anglais-français*
- MA VIE D'ESCLAVE AMÉRICAIN (Frederick Douglass)   *anglais-français*
- MA VIE, MON ŒUVRE (Henry Ford)   *anglais-français*
- LISETTE LEIGH (Elizabeth Gaskell)   *anglais-français*
- LA FILLE DE RAPPACCINI (Nathaniel Hawthorne)   *anglais-français*
- LE LIVRE DES MERVEILLES (Nathaniel Hawthorne)   *anglais-français*
- SLEEPY HOLLOW (Washington Irving)   *anglais-français*
- LE TOUR D'ÉCROU (Henry James)   *anglais-français*
- LES PAPIERS D'ASPERN (Henry James)   *anglais-français*
- RASSELAS, PRINCE D'ABYSSINIE (Samuel Johnson)   *anglais-français*
- L'HOMME QUI VOULUT ÊTRE ROI (Rudyard Kipling)   *anglais-français*
- LE LIVRE DE LA JUNGLE (Rudyard Kipling)   *anglais-français*
- JOHN BARLEYCORN (Jack London)   *anglais-français*
- LES VAGABONDS DU RAIL (Jack London)   *anglais-français*
- L'ASSERVISSEMENT DES FEMMES (John Stuart Mill)   *anglais-français*
- LE VAMPIRE (John Polidori, Lord Byron)   *anglais-français*
- ROMÉO ET JULIETTE (William Shakespeare)   *anglais-français*
- HAMLET (William Shakespeare)   *anglais-français*
- OTHELLO (William Shakespeare)   *anglais-français*
- OLALLA (R. L. Stevenson)   *anglais-français*
- L'ÎLE AU TRÉSOR (R. L. Stevenson)   *anglais-français*
- L'ÉTRANGE CAS DE DR JEKYLL ET M. HYDE (Stevenson)   *anglais-français*
- WALDEN, OU LA VIE DANS LES BOIS (Thoreau)   *anglais-français*
- LA DÉSOBÉISSANCE CIVILE (Thoreau)   *anglais-français*
- PLUS FORT QUE SHERLOCK HOLMES (Mark Twain)   *anglais-français*
- LA MACHINE À EXPLORER LE TEMPS (H. G. Wells)   *anglais-français*

Impression CreateSpace
à Charleston SC, en octobre 2019.

L'ACCOLADE
Éditions

Découvrez l'ensemble de nos ouvrages
sur notre site :

www.laccolade-editions.com